相约名家·**冰心奖**获奖作家作品精选

高长梅　王培静／主编

诗里看月

陈振林 著

九州出版社 JIUZHOUPRESS | 全国百佳图书出版单位

图书在版编目（CIP）数据

诗里看月 / 陈振林著. -- 北京：九州出版社，2013.5（2024.4
重印）

（相约名家·冰心奖获奖作家作品精选 / 高长梅，王培静主编）

ISBN 978-7-5108-2091-5

Ⅰ. ①诗…　Ⅱ. ①陈…　Ⅲ. ①散文集 – 中国 – 当代

Ⅳ. ①I267

中国版本图书馆CIP数据核字（2013）第084313号

诗里看月

作　　者	陈振林　著	
出版发行	九州出版社	
地　　址	北京市西城区阜外大街甲35号（100037）	
发行电话	（010）68992190/3/5/6	
网　　址	www.jiuzhoupress.com	
电子信箱	jiuzhou@jiuzhoupress.com	
印　　刷	三河市恒升印装有限公司	
开　　本	710毫米×1000毫米　16开	
印　　张	9.5	
字　　数	136千字	
版　　次	2013年5月第1版	
印　　次	2024年4月第10次印刷	
书　　号	ISBN 978-7-5108-2091-5	
定　　价	49.80元	

出版说明

冰心是我国现代文学史上著名的作家，她的儿童文学作品和散文在中国文学史上占有重要位置。

这里所说的"冰心奖"包括"冰心儿童文学艺术奖"和"冰心散文奖"。

"冰心儿童文学艺术奖"创立于1990年。创立以来，它由最初的单一儿童图书奖，发展为包括图书、新作、艺术、作文四个奖项的综合性大奖，旨在鼓励儿童文学作品的创作出版，发现、培养新作者，支持和鼓励儿童艺术普及教育的发展。其中，"冰心儿童文学新作奖"与"宋庆龄儿童文学奖"、"陈伯吹儿童文学奖"、"全国儿童文学奖"并称国内四大儿童文学奖。

"冰心散文奖"是一项具有权威的全国性的散文大奖。冰心生前曾是中国散文学会名誉会长，"冰心散文奖"是遵照其生前遗愿而设立的，旨在彰显我国散文创作的成就，不断评选出题材广泛、思想敏锐、着力表现现实生活，创作形式风格多样的优秀散文。"冰心散文奖"是与"茅盾文学奖"、"鲁迅文学奖"并列的我国文学界散文类最高奖项，也是中国目前中国散文单项评奖的最高奖。

《相约名家·冰心奖获奖作家作品精选》共收录近年来荣获"冰心儿童文学艺术奖"和"冰心散文奖"的三十位作家的作品。这些作品无论是小说还是散文，或抒写人间大爱，或展现美丽风光，或揭示生活哲理，或写实社会万象，从不同角度给青少年读者以十分有益的启迪。

随着中小学课程改革的深入与发展，让中小学生多读书、读好书早已成为共识。我社推出本套大型丛书，希冀为提升中国的基础教育、为青少年的健康成长尽一份力。

九州出版社

目 录
C O N T E N T S

第一辑　微型大观 / 001

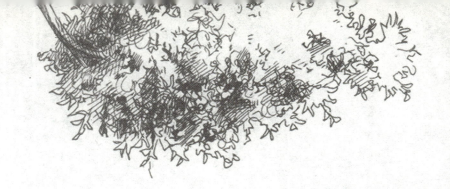

第三辑　短篇撷珠 / 083

第一辑

微型大观

董平柏老师

董平柏只是我的阅卷老师。二十世纪八十年代末，我在县一中读书那会儿，董平柏就在县一中做老师。但他没有给我上过课，只是在每次的月考试卷上交后，老师们集体流水阅卷时，他应该是阅过我的试卷的。

我们学生都认识董平柏，他像只有一套西装似的，见到他的时候，他总是西装革履的。西装是深黑色的，大红的领带，很是耀眼。只是衬衫不是那么洁白，灰不溜丢的，像狗肝颜色。这让我们都记住了他。

我确实没见过他上讲台。我是语文科代表，常常进老师办公室送作业。我进办公室的当儿，好多老师都进教室上课去了，就只剩下了董平柏一个人伏在一个靠墙的桌上写着什么。我打报告进去的时候，他头也不抬地说一声"进来"。我问过班上的好多同学，董平柏老师为什么不上讲台讲课呢？知道根底的天平说，知道不，董平柏只是县水利学校毕业的，中专学历，能在这省级示范高中做老师吗？我们就都说，那肯定是不行的，得有大学本科学历才行。

我高中毕业后进了大学，一年暑假我回到高中母校看望老师时，就看见校门前的名师榜上，有一张董平柏的大照片。想不到，董平柏成了名师了。那照片，还是黑西服、红领带、灰衬衫，衬衫明显干净得多了，那样子似乎更潇洒了。我正疑惑着，在学校旁的单身教师宿舍前见到了董平柏那熟悉的身影。他三口之家挤在那间单身宿舍里，房门没有关。正是中午，他的爱人和三四岁的女儿在床上睡午觉睡着了。房间里没有蚊帐，他就坐在床边，拿着一把芭蕉扇，替那母女俩扇着风，驱着蚊子。他空出的左手上，拿着一本线装书，就着昏暗的光线，他正在津津有味地看着书。隔壁的宿舍里，正在播放世界杯足球赛，不时地传来阵阵呐喊声。

大学毕业后，我回到了母校任教，和董平柏成了同事。我报到的当天，和他亲热地打招呼，不想他却不大理会。他正忙得满头是汗，拆卸了几台收录机，也不知他在鼓捣着什么玩意儿。第二天，他拉过我："欢迎你来啊，送你件礼物，是一台电视机哩。"我一看，就是他昨天鼓捣的玩意儿。一插上电，玩意儿里跳出了人影。这个董平柏老师，居然自个儿做了一台电视机。

然后我就知道了他恋爱的过程。他的老婆娟子，是他从情敌刘小天手中抢过来的。之前，他，娟子，还有情敌刘小天，都是同学关系。娟子先是跟了刘小天，两人到了谈婚论嫁的地步，居然被他给挖了墙脚。挖墙脚的行动止一次就成功了。当时我们在大学都还不知道怎么过情人节时，他用一个月的工资过了回情人节，全买了红色的玫瑰送给娟子。那晚他在娟子的门前等了一宿，送出了玫瑰，换来了老婆。

他家的洗衣机坏了，会做电视机的他居然不会修，请来了学校物理组的吴老师帮忙。吴老师一上完课就来了，饿着肚子，拆卸，安装，忙了两个多小时，替他家修好了洗衣机。他呢，坐在一旁的小凳上，手中拿着一本《中医理论基础》，正钻研哩。吴老师说修好洗衣机了，他说"好，好"，又说："你知道不？我家是中医世家，我能给你瞧病呢。"吴老师说要走，他拦住了："别，别，你替我修好了洗衣机，我得给你特别待遇。"吴老师心想，这下肯定会邀几个同事去餐馆撮一顿，就在一旁等。董平柏不慌，搬了把椅子，让吴老师坐下。他又慢慢地用温水洗了手，搬过一个长盒子，从长盒子里小心翼翼地拿出了一把京胡。他坐下，悠悠地拉起了京胡名曲《夜深沉》。曲声婉转，时而飞扬，时而低沉。吴老师坐也不是，站也不是。董平柏沉浸在他的京胡声中，陶醉了……

我在县一中上班的第二学年，就不见了董平柏。一问，才知道他已经调到省城最好的一所高中去了。那年十一月，学校派我到省城学习心理学，是一个硕士研究生班课程，我不情不愿地去了。不想，就在培训班的第一排，我看见了董平柏。他见了我，很是热情，说："做老师的，学学心理学肯定是有好处的。这次学习我是自费来的，你知道我为什么学习心理学吗？我也学中医，常常觉得，人的好多疾病，不是用药来治好的，心病啊，就得用知心话来医才好啊。"说完，他哈哈大笑，快五十岁的人了，像个孩童一般。

今年县一中要举行百年校庆，我联系上了他，请他回来参加校庆。电话接通了，他手机里传来嘈杂的声音："校庆啊，我一定来。我现在正在北京挤公汽呢，呵呵，我正读博士哩……"

今年校庆时一定能见着他的。

又想起来了，董平柏是教英语的。

诗人雪川

诗人的名字叫雪川。

雪川本不是他的名字，他的名字叫郭三立，他爹上街买了两斤肉请村里的老先生翻了几天的线装书给取的名儿。他上高中的时候，心血来潮写了几句诗：

> 涂满彩色的梦想
>
> 在雨的季节里生根发芽
>
> 杨柳岸边的晓风残月
>
> 在雨的季节里灿烂如花
>
> 那父母眼角黝黑的微笑啊
>
> 在雨的季节里
>
> 成了我们奔腾不息的骏马……

小诗的末尾署名就是"雪川"。当晚，他的这首小诗在班上被传抄了个遍。他觉得写诗的感觉多美好，他觉得这叫"雪川"的感觉多美妙。第二天的作业本上，他端端正正地在封面姓名栏写上了"郭雪川"三个字。他想起那著名诗人郭小川，这下，这郭雪川的名字也算是个诗人的名字了吧。

雪川成了诗人。

他写情诗。要好的哥们儿楚林看上了邻班的班花云霞，就说："大诗人，帮帮忙吧。"一会儿，一首情诗出来了。楚林忙着抄上一遍，送给云霞。过了几天，楚林又找上门来了："哥们儿，再来一首吧，你的诗可真管用，还不说，这云霞对我好得多了，和我的话儿也多了起来。"雪川不出声儿，十多分钟，像写作业一样，又一首诗出来了。楚林又抄上一遍，跑着去送给云霞。

雪川清楚地记得是帮楚林写第十首诗的时候，那个叫作云霞的女孩子找到雪川，递给他一张小字条：放学后小树林见。雪川激动不已，想想，那个年代一个女孩子给了男孩子一张约会的请帖，那是多么难得的事儿啊。下午的课雪川压根儿没心思上了，他等着和班花云霞见面的时刻。

月上柳梢，人约黄昏。云霞见面的第一句话就说："谢谢你，大诗人雪川！你写给了我这么多的诗。"

"什么？我写给你诗？"雪川惊讶。

云霞的话就多了起来："不是你写的吗？你看看，楚林送给我的诗，从第六首《每天想你》开始，每首诗题下都署上了'雪川'的名呢，我猜想啊，这诗啊，从第一首开始就是你写的。只是从第六首《每天想你》开始，楚林转抄你的诗时，将你的名字也连着一块儿抄了过来。"

"其实，我早就认识你了。"云霞又说。

"其实，我也早就认识你了。"雪川说。

很自然地，云霞暗暗地和雪川约会了。水到渠成地，雪川和云霞成了一对真正的恋人。那个楚林呢，气急败坏，骂自己引狼入室，恨自己做了一个优秀的媒人。他哪里知道，雪川在写第六首诗时，已悄悄地写上了自己的名字。可是，谁让这个楚林粗心大意，将人家的名字也抄了过去呢。

高中毕业晚会的时候，雪川第一个登上舞台朗诵自己的诗：

你望了我一眼，

我等了你一年……

观众席上的云霞早已泪流满面。

高考后，诗人雪川以全镇第一名的成绩考入了省城的师范大学。云霞呢，以三分之差落榜，成了县纺织厂的一名工人。就有同学替云霞担心，说人家是大学生了，你们俩的事儿怕是黄了哩。云霞不急，因为她每周三都会收到一首诗，一首从省城寄来的诗。那诗，当然是诗人雪川写来的。

师大毕业，诗人雪川的不少同学留在了省城大学任教。但诗人雪川一声不吭地回到了老家，在母校做了一名教师。第二年，诗人雪川和云霞结婚。婚礼上，雪川送给了云霞一个小集子，那全是雪川写给云霞的诗集。

结婚后的诗人雪川不写诗。他忙着自己的教学忙着自己的学生。不久家中有了女儿，诗人雪川也不写诗。云霞有时候就问他："怎么不写诗了啊？"

"我的诗？早就送给你了啊。"雪川说，一本正经地。

诗人雪川每天骑着一辆老旧的自行车，接送女儿上学放学，时不时逗着女儿乐，成天笑嘻嘻地。

去年，我在一个杂志做文学编辑的时候，想看看雪川的诗，就向他约稿。他点燃了一支烟，连连摆手："写诗？我每天都在写诗啊。我每天的生活，本来就是一首又一首的诗哩。"当晚，他请我到一个小酒馆，尽情地喝酒，喝了个痛快。

诗人雪川快五十岁了，和我同事，是个语文老师。

标签

那一年刚开学，高二（3）班的班主任吴老师就请了两个月的事假，让林老师来临时代班。

林老师很高兴，做教师最高兴的是做班主任了，可以和自己的学生交流，真正体会到教育的幸福。做了十多年的老师了，他才做过两年的班主任工作。像个孩子一样，他满是喜悦地走进教室。和往常一样，他和学生们一起商量着怎样管理好这个新班级。林老师知道，在充分了解学生之后才更有利于对学生的管理。

一个月下来，还算是得心应手，学生们喜欢他，家长们欢迎他，都说他是个好老师。他更高兴了，自己的努力总算没有白费。学校的流动红旗在他的高二（3）班里飘扬。就在得到流动红旗的那天，曾经带过这班的肖老师将他拉到了一边，小声地说："林老师，你还是得注意点啊，你班上的文卉同学，他心理上有点小问题，得担心着，她高一时的班主任周老师硬是管她不住，有好几次，她差点出了问题了……"林老师听到这话一惊，他这是第一次听说这话。

第二天，林老师问了问班长。班长说："是啊，文卉同学心理上应该有点问题，要不然，她为什么每周都要去见一次心理医生呢？"

他吸了一口凉气，心想，要是没有肖老师的提醒，怕是真要出事。

当天放学的时候，他将文卉同学留了下来。他细细地看了看她，是个白净腼腆的眼镜女生。他说："文卉同学，你知道我找你有什么事吗？"面前的女生低了下头，小声地回答："我知道，我的心理上有问题，您肯定是要找我谈这个问题。"

"你知道你心理上有问题就好，"他说，"以后，我会时不时地找你说说心理方面的问题。"然后，林老师为文卉同学讲了很多心理学方面的知识。文卉有时点点头，有时又不知在想些什么。

再次找到文卉同学来谈话时，林老师带来了不少的心理学方面的书。他说："你把这几本书看看吧，应该对你是有好处的。"文卉不知所措地点着头。

林老师很高兴，他想，用不了几次，文卉同学的心理上的问题肯定会消失得无影无踪。他还看见，文卉同学很认真地看着他带给她的书，还做了不少的笔记。可是，就在第二天，在他上课时，文卉同学猛然地站起来，用力地将自己的课桌敲个不停。他知道这是她的心理问题真犯了，忙着将她送回了家。晚上，下了自习，他还想着文卉同学，不知她现在状态好了些没有。林老师骑着自行车来到了文卉同学的家，他想他应该去说些安慰的话。文卉的爸妈也感激不已，连声说着"谢谢林老师"。

回到自己家中时，已经是深夜了。他就不明白，他这样留心文卉同学，尽可能地对她进行心理辅导，可是为什么没有效果呢？他计划着下一步是不是应该请个心理专家，和心理专家共同商讨一下这事才好。

正在他一筹莫展时，请假归来的吴老师上班了，林老师也回到了自己的班级，去忙自己新的教学任务。

两个月后，林老师想起了高二（3）班的文卉同学，就想找吴老师问问。吴老师是化学教师，林老师在化学实验室里找到了他，他手中正摆弄着几种化学试剂。林老师就问："您班上的文卉同学近来怎么样啊，还在上学没有？她可是心理上有问题的，我替您代班那阵子我可真没有办法。"吴老师皱了下眉头，说："你说的是文卉同学？"

他点了点头，说："是啊，您常找她谈心理问题吧，效果怎么样？"吴老师倒惊讶了："文卉？很好啊，她根本没有心理问题的，不信，你去看看，活泼得很，这次考试，还得了个全班第三的好成绩。我也从来没有找她谈过心理方面的问题。"

林老师就更迷惑了："怎么会这样呢？不可能吧。不少同学说过，肖老师也说过，她明明是有心理问题的一个学生啊。"

吴老师笑了笑，他拿过一个贴有"酒精"标签的玻璃瓶，问他："你说这是一瓶什么东西？"

"酒精啊，这上面写得清清楚楚。"林老师回答。

"可是，这分明是一瓶纯净水。也不知道是谁粗心大意给它贴上了酒精的标签……"吴老师意味深长地笑着说。

唐善龙

好久没见到唐善龙了。

他是我第一次带高三年级时的学生。那时刚一分班，就有老师大声地叫："不知哪个班收留了唐善龙哩。"我应了声："是我的班。"

"那你倒霉了。"几个老师围拢过来，七嘴八舌地说开了。

"这个学生，说起来成绩不错，其实他抽烟，喝酒，打架，逃课，真是无所不为……"

我不去理会这些话。学生也还只是学生，我心里想。我又看了看唐善龙的进班名次，第52名。

第二天上午学生进班，果然，唐善龙没来。我去查了查他的家庭联系方式，居然没有电话，只在地址栏留了"民主街"三个字，心想这下家访也不成了。开学一周过去了，就在我们都以为唐善龙已经辍学了的时候，教室门外来了两个人，唐善龙和他的父亲。他的父亲拿着半截竹棒，向着我说："老师，这下我把他请到了学校，竹棒都打断了……"同学们哄堂大笑，唐善龙一言不发，走上了最后的一张座位。

第二天，我找唐善龙谈心，我动用了我的三寸不烂之舌，苦口婆心说了一箩筐话，可唐善龙像截木桩，总是一言不发。我有点恼火，说："你是不是男子汉，啊？"

"是！"唐善龙大声叫道。随后，又小声说："请给我支烟。"我一惊，还是从衣袋里抽出一支烟给了他。他很自然地拿出了打火机点燃。我发现他的眼睛里布满血丝。

"昨晚没有睡觉？"我问。

"嗯。"

"做什么？"

"看小说，看了一整晚。"

"什么小说？"我又问。

"《老人与海》。你看过没有？我这是第五遍了。"他吐着烟圈说。

"知道吗？"他又说，"一个人是不可能被别人打倒的，只有自己被自己打倒。每次看《老人与海》，我就有一股无穷的力量。"他啪地扔了烟头，用脚狠狠地踩了踩。

"我不会再让您操心的。"唐善龙说。然后，一步一步稳稳地回到了座位。我听见，他说了一个"您"字。

我不知道我为什么会给他一支烟，现在也不明白。不过，从那以后，唐善龙再没有抽烟，再没有逃课。打过一次架，是校外的小混混在班上找女生，被他拳脚相加地赶出了校门。

"没想到个子不高的你有这样的身手哩。"望着他受伤的胳膊，我说。

"个子不高，浓缩了精华，浑身是胆哩。"他笑着说。这是我第一次看到他的笑脸。

高考之前的模拟考试，唐善龙跃成了班上的第六名。高考，他顺利地考取了一类重点大学。

收志愿表时，我惊奇地发现唐善龙填的是一所二类大学。"为什么呢？"我问。

"这所大学数学系不错，我喜欢。"他平淡地说。我又看了看学费，这所二类大学比好多大学都低。我似乎明白了他填报的真正原因。他的父母，是小菜贩。他家中，还有两个读书的妹妹。

好久没有见到唐善龙了。去年过年前，一个陌生的长途座机号传入了我的手机："老师，您好……"

这小子，在这满世界都有手机的时候，居然还没有买手机呢。

最美的天使

我在小学做四年级班主任的那年，学校每学期都要在班上评选一名"最美的天使"。那几天，我正在为这事发愁，因为在我眼里，孩子们都是美丽的，我无法知道谁是班上最美丽的天使。

正为这事烦着，又来了件心烦的事。班上从外地转来了一名新学生。一个小男生，他叫朱臣。个子黑瘦，一双小手黑黑的，样子总是有些怯怯地怕人。进班了，他也极少和同学交流。我是班主任，见了我他也不打个招呼。班上进了这样的小男生，他不闹点事才怪。不过，我又看了看他，小男生的两只黑眼珠倒很是灵动，骨碌碌地转，让人觉得他还有些生气。

"老师啊，这孩子有些调皮，学习上也不是很自觉。以后还请老师多多关心啊……"他妈妈送他来学校的，生怕孩子在学校不习惯，临走时连连对我说。我连忙不住地点头。其实，好多刚转来的学生大多是这个样子，不好动，自个儿玩，但过了一些日子，他就自然而然地变得活泼了。

过了一个多星期，我发觉，朱臣还是个老样子，他不和同学来往，说话也很少。这孩子到底怎么了呢？我在心里想。我又想，过些日子再说吧，说不定他会变的。快十岁的孩子了，还像幼儿园的小朋友？但我还是想和他谈谈。当天下午，我找到了朱臣，从他的优点说起，说他守纪律，说他爱清洁，说他有集体荣誉感，动用我的三寸不烂之舌和他谈心，可是，他说话很少，常常是点下头，或者最多"嗯"一声，让我觉得真不是滋味。看来这孩子真是难得教了，我心里想。

接下来是一次随堂测试，朱臣的成绩排在班上最后一名。虽然我不是以成绩论学生的一个教师，但又想起朱臣进班来的表现，想起我作为老师为他的付出，我心里有些不舒服。

我不和朱臣多说话，因为说了也好像是白说。但我还是用了很多的时间来观察他，特意将他的座位调到了第一排。还真大有收获，我发现，朱臣虽然上课时不大用心，但下课时间他很喜欢用纸折"爱心"。纸是黄黄的那种纸，比作业本上的纸要硬一些。他不停地折，好像总是折不完似的。我细细地看过他折的"爱心"，很是精致。特别是那心形凹下去的部分，是朱臣用小刀小心地刻成的，比专业工具做得还要好。可是，居然，有一次，上数学课时朱臣正在折他的"爱心"，被老师当场抓住。数学老师将他交给了我，朱臣见了我，也不害怕，一副等着我来重重处罚他的样子。我没有发怒，只是轻轻地问他："为什么要折这种东西啊？"

他低着头，仍然不做声。我真生气了，说："你再不做声那我也管不好你了，也就只能让你转班了……"我话音未落，朱臣开口了："老师，不要让我转班。"他用一双乞求的眼睛看着我。

"那为什么要折啊，朱臣？"我又问。

朱臣顿了一下，小声地说："老师，我能不说吗？"

"不说不行！"我大声地说。因为，我还看到，教室里的窗户玻璃上也贴上了朱臣折的"爱心"。

"老师，您认为玻璃上的爱心不漂亮吗？"谁知，朱臣反问我。我又看了看玻璃上的"爱心"，这不分明是乱粘贴吗？"你乱粘贴，破坏教室的美观。"我反驳他。我倒还想着将他转出班去。在当时的学校，大家都一心想着升学率，品德不好成绩差的学生一般的班级是不要的。

"老师，我向你保证，明天之后，后天开始，我不再折爱心了。"看到我真生气了，朱臣主动和我说话。

"不行，从今天开始，你就不能折了。"我斩钉截铁。

没想到，朱臣哭了起来："老师，一进到这个班我就数了的，我们班上的学生和老师一共有五十九人，我想送给每个人一个爱心，我只差六个爱心了，就让我还做一天吧……我爱这个班级……也许，过几天我爸爸妈妈又要离开这座小城到另外的地方打工，我就再也见不到你们了……"

我一惊，怔在了那儿。原来，他是我们班最美的天使。

关爱

初二（2）班。以"关爱"为主题的班会课正在举行。

"大家说说自己身边的关爱故事吧。"主持人班长小丁用自己的口才尽力地鼓励着班上的同学发言，因为这是一节公开课，听课的有包括学校白校长在内的领导。

先后有同学接过话筒，讲述着自己家中的关爱故事，让大家共同感受着一份份难得的深情。"还有谁能说？"小丁又说。

一个瘦瘦的女生站了起来，慢慢地。一接过话筒，她似乎要哭了起来。

"别激动，梅子。"小丁不失时机地安慰了一句。

"亲爱的同学，我要说说我家的故事……"梅子开口说话了，"三年前，我爸就和我妈离婚了……我爸不要我，我判给了妈妈……呜呜……"。

梅子哭了起来。

"慢慢继续说。"小丁劝道。

"呜……这三年来，我和妈妈相依为命。妈妈为了我，选择了不再嫁。她没有正式工作，为了生活，她给人看过店子，自己推小车卖过夜餐，还捡过垃圾……呜呜呜呜……"梅子拼命哭了起来。

孩子们有的也哭了起来，听课的领导老师眼眶也湿润了。

全校公开课评比，初二（2）班的"关爱"主题班会被评为优质课，将代表学校参加全市的班会课评比。学校政教处谢主任对这节班会课进行了点评，说这节课的亮点就是梅子同学的发言，到时候到市里上评比课时，能否讲述时语速更慢一点，那样就更令人动情了。

一周后，初二（2）班代表学校在市里讲班会公开课。公开课上，梅子开始发言：三年前……我爸妈就离婚了……爸爸不要我……呜……我判给了妈妈……妈妈为了我她没有再婚……呜……为了生活……她给人看过店子……推车卖过夜餐……还捡过垃圾……呜呜……

听课评委落泪了。这节课在市里被评为一等奖第一名，初二（2）班将代表全市到省城去参加全省的班会课竞赛。市教育局张副局长建议：梅子发言时能不能哭声再大一点？那样这节以"关爱"为主题的班会课，才更有说服力啊。

一个月之后，全省班会课竞赛活动在省城举行。白校长亲自带着学生上省城。又轮到梅子发言的时候，先是一阵痛哭，然后逐字逐句地哭诉：三……年……前……我……爸……妈……就……离……婚……了……呜……呜……

梅子的这次发言花了近十分钟，在场听课的人无不潸然泪下。评委们给分都很高，有两个评委给出了满分。白校长欣喜不已，忙着给市教育局报喜，并电话安排学校政教处谢主任迅速组织人拉几条横幅，内容就是庆祝班会公开课在省里获大奖……

学校里横幅拉起来了，庆功宴在最豪华的帝王酒家也订好了。可是，白校长带着学生回来时，却都耷拉着脑袋。

"为什么不是一等奖呢？"谢主任忙问。

"省里一位专家说，我们选题是'关爱'，可是我们偏题了……"白校长有气无力地说。

"这怎么会偏题呢？这怎么会偏题呢……"谢主任困惑不已。这个问题，白校长昨天也想了一整个晚上。

光头美丽

美国西雅图东部一所学校的八年级教室里，物理教师第尔今天一上课没有讲授电磁感应现象，却滔滔不绝地讲起了光头："孩子们，你们留心过吗？光头其实是多么的美丽啊。凉爽宜人，看起来也干净。可以免去每天梳洗的麻烦，可以消除心中的烦恼。如果上点头油，要多亮有多亮。如果再戴上顶帽子，多酷呀……"

"那我们去剃成光头吧。"坐在最后边的男生史蒂文叫道。他一个人坐在最后一排，旁边的桌子空空的，他的同桌女生凯特已经有十多天没有来学校上课了。

"史蒂文的主意不错。孩子们，今天放学时咱们开始行动吧。"第尔老师笑着说道。

第二天，剃了光头的第尔老师一走进教室，就受到了孩子们的掌声欢迎。第尔一看，已经剃了光头的孩子除了史帝文，还有五个男生和两个女生。其他的孩子们围着光头们，仔仔细细地看了又看，心中羡慕不已。

第三天，第尔老师走进教室时，感觉教室里特别亮堂——34个孩子都已经剃成了光头。

"要是凯特来学校上课，也剃成光头，该多好啊。"最爱学习的小个子女生露茜小声地说。"是的呀，凯特已经19天没来上课了呢。"马上有孩子也附和着说。

第四天第一节课，第尔老师在黑板上刚写下"光头美丽"几个字，教室门口传来了一个清脆的声音："先生，我能进来吗？"

是凯特。

也是一个闪亮的光头！

"哇！"孩子们叫了起来，大喊着凯特的名字。凯特向同学挥手致谢，走上座位时，眼睛里早已满含泪水。

"孩子们，这一堂课的主题就叫'光头美丽'。记住，在这所学校有一个美丽的八年级，有35个美丽的孩子，还有一个美丽的第尔老师……下面请这次活动的组织者史蒂文同学讲话。"第尔充满激情地说。

史蒂文缓缓地站了起来，说："我们亲爱的同学凯特，20多天前被确诊为血癌，她就请假去治病，但是这种病得化疗，化疗就必须剃成光头。

我们可以想一下，凯特治病要承受多大的痛苦啊，可是，她挺住了。她剃成光头，就她一个光头，走进学校走进教室时又要承受多大的心理压力呀！于是，在第尔老师的建议下，我，还有罗斯、约翰逊、杰克等6个同学就想到了我们每个人能不能都剃成光头呢……"

不等史蒂文说完，教室里已经响起了整齐的叫喊声："光头美丽，光头美丽。"

一块玻璃值多少钱

早晨，四（2）班班主任孔老师一进教室，就被同学们叽叽喳喳地围着报告："教室后面朝外的一块窗户玻璃破了。"

"好的，我知道了。"孔老师说。孩子们便散到了座位上开始读书，像什么也没有发生一样。紧靠破窗户坐的是王小明同学，他嘟着嘴巴。

"王小明，不要紧的，快夏天了，窗户没玻璃还凉快点儿呀。"孔老师安慰王小明。

可是，在上午上最后一节课的时候，王小明却噘起了嘴巴。原来，有苍蝇从破窗户里飞了进来，歇在王小明的书本上，时而飞来飞去和他逗趣儿呢。窗外不远处，是学校的一个垃圾堆。

好不容易挨到下午放学，噘着嘴的王小明回家把这事告诉了妈妈。妈妈立刻安排爸爸的工作："你拿条烟去一去孔老师家，让他明儿把小明的座位换一换。"

第二天第一节课，王小明和李飞换了座位。和苍蝇做一天朋友的李飞下午回家把这事又说给了爸爸听，在市财政局做局长的爸爸把电话打给了学校的张校长，张校长给孔老师下命令："把李飞的座位换一换。"

这样，第三天时，李娟坐到了破窗户旁，李娟哭哭啼啼地跑回家，心疼孙女的爷爷立刻提着两瓶酒到孔老师家拜访。

第四天，张平的妈妈买了水果去了趟孔老师家。

第五天，王丽的爸爸挟着"脑白金"上门拜访孔老师。

…………

等到下周的时候，全班54名学生竟然有33名家长用不同方式找了孔老师，希望家里的孩子不要坐在那扇破窗户旁。

可是，吴一坐在那地方的时候，窗户却安上了一块亮透透的玻璃。"是谁安上去的？"孔老师问。

"是我。花一元二角划了块玻璃安上的。"吴一轻轻地说。

下午学校放学后，孔老师留下四（2）班学生召开"一块玻璃值多少钱"的主题班会。同学们不知孔老师葫芦里卖的是啥药，等到孔老师打开两个大盒子时才恍然大悟。两个大盒子里装着满满的礼品，有烟有酒有水果，每件礼品上写着一个学生的名字。

"同学们，一块玻璃价值不小哩，这些就是它的价值。"孔老师指着两个大盒子说。"换成钱的话值3000元左右吧，还要加上几个当官的家长使用权力的价值。可是它实际的价值是多少？请吴一同学说说。"

"一元二角。"一个响亮的声音。

"一元二角只是表面的。我们要知道，一个人的成长过程中不可能不会遇到破了玻璃的窗户的时候，这时，不要只是靠爸妈，靠金钱和权力来解决。更重要的是靠自己，靠自己，有时真的很简单。"孔老师又说。

孔老师按名字将礼品发给了学生，同学们提着礼品准备回家后和爸爸妈妈说说这一块玻璃值多少钱哩。

就是你的错

院子不大，就住了那三五户人家。往东，是单身农民工火子租住的单间。

三五户人家中，王大平家有个小男孩，有五岁多了，名叫王小丁，样子机灵得很，人见人爱。王大平一向将孩子看得严，长年将嘴巴搁在孩子身上："小丁丁啊，千万不要和陌生人说话，千万不要吃陌生人给的东西，千万不要跟着陌生人走了啊……"小丁就像犯了错似的不停地点头。

但是，邻里相处久了，自然会有些话语搭上一搭的。

火子的脾气好，还不到三十岁，家中也有个六七岁的小男孩，当然，他的小男孩连同他的老婆，都丢在了千里之外的乡下。时不时地，火子就会逗小丁一句："小丁丁啊，今天放学怎么没有看见红花啊，是不是表现不好了？"

开始的那会儿，王大平也向着小丁使脸色，不让小丁和火子说话；要不，就猛地按一下电动车油门，一溜烟地走开，让火子落下个没趣。但就有一回，那天下午王大平家七十多岁的老父亲得了急病，两口子一起将老头送到了医院。等办好了住院手续，一看手机上的几个未接电话，是幼儿园老师打来的。他们这才想起去幼儿园接小丁。王大平急忙打的往幼儿园跑，可哪里还有小丁的影子。回到家里，小丁丁正乐呵呵地吃着冰激凌。一问，才知道是收工的火子路过幼儿园，遇上了和老师一起在幼儿园门前傻等的小丁，小丁说认识火子叔叔，就给带回家了。

打那以后，小丁一遇到火子，就"叔叔、叔叔"地叫个不停，火子呢，就会时不时地夸奖小丁几句，有时还买些高档零食给小丁吃。王大平家里买了好吃的菜，也会叫下火子，两人还会喝上几杯。王大平两口子有急事不能及时接小丁时，就会打个电话让火子去接。

再后来，院子里其他人逗小丁玩儿时，王大平也停下电动车，和人家耐烦地拉上几句家常。小丁甜甜的声音一叫唤，有点脸熟的叔叔阿姨都会买点零食给他，小丁接着就会来一句更甜的"谢谢"。

可就在"六一"儿童节前两天，小丁不见了。

王大平去幼儿园找，幼儿园老师说："是个叔叔将小丁接走了啊，给小丁买了杯大大的冰激凌。"王大平心想那是火子了，就到火子的住处去。火子一个人正在炉子上做饭，他说他根本就没有去接过小丁。火子也急了，慌忙关了炉子，帮王大平一道去寻找小丁。

找了两天，仍然没能找到。王大平报了警。

王大平还偷偷地告诉警察，火子和小丁很熟，是不是问题出在火子这儿。警察也连夜对也火子关系密切的人进行调查，还派人去他的老家去查访，可还是一无所获。

三个月了，小丁还是没有找到。

就在王大平两口子快要崩溃的时候，从警察那传来好消息，邻省省城破获了一起特大拐卖儿童案，其中就有他们家的王小丁。

王小丁和爸妈分开了三个月，可一点也没变，只是不停地说"想爸爸想妈妈"。一会儿，小丁又说："我想火子叔叔了。"火子正站在他们家门口，想着来和孩子说上几句话。听了这话，王大平堵在了家门口，大声说道："就是你的错！你想想，不是你火子拉着我家小丁说话，不是你常常买零食给我家小丁吃，那我家的小丁会跟着一个买了零食的男子走吗？我们再不能让孩子这样做了！小丁，以后，千万不要和陌生人说话，千万不要吃陌生人给的东西，千万不要跟着陌生人走了……"

院子里的邻居也围了过来，七嘴八舌地说：是啊，就是他的错！不是他逗孩子，让孩子学会和外人说话吃外人买的零食，那人家孩子会被拐骗走吗？

是啊，就是他的错！又有人重复说。

火子怔怔地站在了那儿，他想要说什么却说不出。他想了想，觉得真是自己的错了。

木槿

乔冠楚正在书房里画一幅画。

在这座小城，乔冠楚是书画界名人了。上门求字画的人有一些，上门求教的人有一些，当然，还有一些是来吹捧他的。但老乔不管这些，他只管自己的书画作品，看是否达到了一种极致。下个月，老乔的书画展就要在省城举行了。他也正赶着添上几幅作品。

老乔善画牡丹，用笔极其讲究。老乔手中的笔每抖一下，他都能掂量出其中几毫克的力量。画中画的是一株开得正艳的牡丹，他不想直接用牡丹红，那是刺眼的颜色。他选用的是胭脂，浓淡适宜，赏心悦目。

"吃饭了。"木槿在书房门口对他说，声音不大。木槿是老乔的夫人，元配，五十多年的夫妻了。

乔冠楚"嗯"了一声，继续抖动着手中的羊毫笔。这是多年的习惯了。

"要吃饭了，一会就凉了。"木槿又说，声音更低了。

但老乔一点声音也没有了。

木槿就又回到厨房，将做好的饭菜盖好，做好保温措施。木槿也早就习惯了老乔的这些习惯。

五十二年前，木槿嫁到乔家第二天，丈夫乔冠楚就问她："你是叫木槿吗？"她怯生生地点点头。

"那你知道什么是木槿吗？"乔冠楚又问。

她又摇了摇头，头低得更厉害了。木槿长了十八岁，人家叫她名字"木槿"叫了十八年，但她真不知道什么是木槿。她没有上过学。

乔冠楚就不问她了。

过了几天，木槿遇到邻家的妹子桂花，小声地问："妹子，我问问你，什么是木槿啊？"桂花哈哈大笑："这个你都不知道啊？你也是乡下的啊。你看看，那菜园边的一条，那水沟边的一条，全是木槿，这几天还开着花儿呢。"木槿就到了菜园边，细细地看着那一长条植株。那些植株长得不高，枝条青绿青绿的，中间点缀着些淡红的花。

那时候的乔冠楚只是个民办教师。乔冠楚每天去小学上课，木槿就随同村民一块下到地里去干活。乔冠楚回家的时候，就能看到饭桌上热气腾腾的饭菜。那些饭菜，是木槿前一天晚上就准备好了的，然后她趁着劳动的间隙跑回家来做熟了。乔冠楚上完了课，吃完了饭，就开始他的写写画画。他能写诗，也能画画。

木槿的农活收工了，她也会站在乔冠楚的身边看他写写画画，满脸的幸福。但更多的时候，乔冠楚就会甩过来一句话：

"你不懂的，你去睡觉吧。"木槿就极不情愿地上床去睡了。

木槿做第二个孩子的母亲的时候，乔冠楚已经成了公办教师。等到第三个孩子出世时，乔冠楚调到了县文化馆，成为这座小城的书画名流。木槿的农活是不用做了的，但她承包了家里的所有的家务。乔冠楚回到家的第一句话总是"哎呀，真是忙啊"，木槿就会搭上一句"那你忙些什么啊？"乔冠楚像来了气一样："说你不懂的，说了你也不懂。"

但木槿有些事是懂的，他听到了关于丈夫乔冠楚的一些风言风语，说什么常和一个女人在来往，常常在一起吃饭。木槿听人说了，也只是笑笑，她在忙着照看家中的三个孩子，小学，中学，直到大学。

如今，三个孩子都成家立业了。家中又只剩下这老两口了。木槿身体素质不是很好，常年病着，找过医生，说是早年劳累过度所致。

迷迷糊糊中，木槿听到书房里传来了读诗的声音：

一枝红艳露凝香，云雨巫山枉断肠。借问汉宫谁得似，可怜飞燕倚红妆。

木槿知道这是老乔在给他的画添诗。诗配着画，才叫诗；画上有诗，那才是画。这是老乔跟他的文友们常说的一句话。木槿见过老乔的很多画，有一回老乔高兴的劲头上，木槿又开口了："几时，你能不能画一幅木槿画啊？"

"木槿？"老乔眉头一皱。"木槿有什么好画的？长得不美，花期短，生命力也不强。"

木槿就又不作声了。

不作声的木槿真到了不作声的那一天，就在老乔的书画展开展的前一周，木槿离开了老乔。孩子们从四面八方赶回来为母亲办丧事，细心的女儿清点母亲的遗物，在一个常年不开的衣柜里，女儿发现了二十多幅书画作品，全部署名"乔冠楚"。老乔一幅幅地翻看着，其实用不着他细看，他就知道这不是他乔冠楚的作品。画作中间夹着几句诗：

风露飒以冷，天色一黄昏。中庭有槿花，荣落同一晨。

在大学教书的儿子乔天知道，这是唐朝大诗人白居易赞咏木槿的诗。诗是用毛笔抄写的，歪歪扭扭，像小学生刚刚写出的样子。

"母亲没有读过书呢。"女儿说，眼中满是泪水。

老乔扶了扶鼻梁上的眼镜，哽咽着说："孩子们，我知道这是谁的作品了。"

三天后，老乔打电话，决定取消即将在省城举办的个人书画展。

木槿的葬礼在自家院中举行。院子内外，到处悬挂着老乔的书画作品。灵堂的正中，赫然摆出了老乔的最新作品，一幅木槿图。图上题有一诗：

物情良可见，人事不胜悲。莫恃朝荣好，君看暮落时。

葬礼上，老乔声泪俱下，旁若无人一般，抑扬顿挫地诵起了《诗经》中的句子：

……有女同车，颜如舜华。将翱将翔，佩玉琼琚。彼美孟姜，洵美且都……

舜华，是木槿的雅称。

小城的书画界，再没有见过乔冠楚的作品。

大钥匙

大钥匙是一个人，一个四十多岁的男人。

人们和他不熟，他也和人们不熟。人们都不知道他的姓名，只因他胸口常挂着一把大钥匙，自然，都叫他"大钥匙"，算是他的姓名了。

他胸前的那把大钥匙，常年地挂在胸口，但却没见生锈。倒是他的衣裳，成年脏兮兮的，似乎从来没有洗过。那把钥匙，他肯定经常用自己的衣角在不停地擦拭。好几次，我看见他将钥匙放进了嘴里，不停地吮吸，应该在给他那把大钥匙做清洁工作吧。

我每天上班，必须经过天人广场。每次上班，我都能看见大钥匙。远远地看去，他总在找寻着什么，也许是人们丢失在地上的钱吧。

那把大钥匙应该就是他家里的门钥匙了。我问在广场上卖玉米棒的太婆。

他哪里有家哟。太婆连连摆手。

太婆见我不想走，又告诉我说：我在这广场卖玉米棒子卖了十多年了，他来这广场也有十多年了，也不知他是从哪里来的，他很少说话，像个哑巴一样。十多年了，他多半日子是在这广场上度过的，挨饿受冻，真是可怜啊……

太婆话匣子一打开，说个不停。

再次见到大钥匙的时候，是在荸苑小区。大钥匙像只小鸡一样，被两个男青年拎着。大钥匙的头上、身上全是伤。一旁的红衣妇女大声地指着大钥匙骂："你个不要脸的东西，还想进我们家来偷盗，真是瞎了你的狗眼了……大家看看，我家儿子刚才放学回家，这东西就偷偷地跟上了，胆子大得很啦，居然跟到了家门口，我家儿子正掏出钥匙准备开门时，他就一把将我儿子的钥匙抢了过去。好在我正在家中，打开门看见了，一下子就将他给逮住了。要是我家里没人，不知道这东西会干些什么伤天害理的事出来……"

大钥匙刚才肯定遭到了一顿打。一会儿，110来了，将大钥匙带走了。我想说点什么，但什么也没说出口。

接下来的几天，广场上就没见着大钥匙了。

一个月后，我到实验小学去接女儿。一阵叫喊声响起："快抓住他！"就有人被路过的胖巡警扑倒在地。我一看，又是大钥匙。他刚才拦住了一个七八岁的小男孩，要抢那小男孩挂在大脖子上的钥匙。大钥匙当场又被带走了。

这个大钥匙真是个不干好事的家伙了。我在心里想。

但几天后的端午节，广场上虽然人山人海，但我还是在广场看见了大钥匙。他的脸上，还印着伤疤。我就抱怨那些不作为的警察来，为什么不将大钥匙这些做坏事的家伙多关上几天？

就在广场上的人慢慢散去的时候，人群中出现了骚乱。一辆红色小汽车，司机像是喝醉了酒一样，肆无忌惮地向广场冲来。人们纷纷避让，生怕自己被撞上。一个七八岁的小男孩，吓得不知所措，蹲倒在了广场上。那小汽车，像支箭一样，就要射向小男孩。就在人们吓得就要闭上眼睛的时候，一个瘦小的身影飞向了小男孩，一把推开了小男孩。

是大钥匙！

他像一朵花一样，盛开在了广场上。那把大钥匙，挂在他的胸前，像那鲜嫩的花蕊。

小汽车被迫停了下来。车上的司机是个女子，因为感情受挫，喝多了酒，居然开车发泄。

前来处理事故的胖警察泪流满面：你们知道不？大钥匙从没有做过坏事。他在十三年前来到我们这个小城，他是来寻找他家的儿子的，十三年前他的七岁的儿子被人贩子拐走了。他只是听人说，人贩子将儿子卖到了这里，他就想着在这里找到自己的儿子。可是这些年来，他的钱花光了，人也急疯了，也从不说话了。他只想找到自己的儿子，于是，只要是挂着钥匙的七八岁小男孩，他都会上去看一看，想拉下小男孩的钥匙，和自己胸前的钥匙比对比对，如果是一样的型号，那一定就是他家的儿子……可是他没想到，十三年过去了，他的儿子已经二十岁上下了啊……

三天后葬礼在市公安局举行。长长的追悼会队伍里有一个我，我的身边，还有那个卖玉米棒子的太婆。

寻找刘君实

我知道我要去找一找刘君实了。

其实我也不认识这个刘君实。我也只是知道他的名字，还有，知道他是男性。他是初三（1）班学生刘小天的爸爸，而我是这个班的班主任。

刘小天已经三天没来上学了。以前，刘小天也旷课，但是只是半天，或者最多两天，他就会来学校，然后就说："我家里有事儿。有事儿就来不了了。"

"那你应该让你爸爸向我请假啊。"我说。

"我爸爸没有手机。"刘小天说。说完，他的两眼就忽闪忽闪的，盯着我看。

有时，他也会从身上搜出一张皱巴巴的纸递给我："老师，这是我的检讨书，您就原谅我这一次吧。"

刘小天确实是个听话的孩子，除了偶尔的旷课，他是不会违反其他纪律的，更不用说去打架了。

这是第四天了，刘小天还是没有来，五十多岁的校长对着我下了命令："得去会会家长了。要不然，出了事儿你和我都是有责任的。"我想想也是，如今的学校，学生的安全责任大着哩。

我拿出了我班上的家校联系登记表，刘小天家庭地址写着"天水镇小河村二组"，后面的"监护人"一栏写着"爸爸刘君实"，"电话号码"栏是空白。

我知道天水镇小河村离学校确实有点远，路难走，还得坐船。我上午上了课，就出发了。先是坐公共汽车，一个多小时后到了天水镇。到小河村还有十多里的小路，没有公共汽车，我就叫了辆摩托车，走了二十多分钟后，摩托车停了下来，横在面前的是一条小河。小河上有专用的渡船，我上了船，开船十多分钟后靠了岸。

上了岸就到了小河村了。

我走到村头的第一户人家，家里有个小伙子。我迎上前去："请问，村子里刘君实的家住在哪儿啊？"小伙子看了看我，说："村子里没有这个刘君实啊，姓刘的倒是不少。"我知道是问不到结果了。就又向前走了几步，一个女人正在河边洗衣服，我就又问："请问，村子里刘君实的家住在哪儿啊？"妇女连连摇头："没有这个人啊。"

"这里是小河村吗？"我又问。

妇女点了点头："是啊。"

"那你对小河村的情况熟悉吧？"

"肯定熟悉啦，好多人家不知道的事我都知道。这小河村，也就那么几十户人家，没有谁我不认识的！"女人炫耀地说。

"但是，就是你说的这个刘君实我真的不知道。"女人又遗憾地说。

我又向前走。一个六七十岁的老汉正在犁地，我叫住了他："老伯，请问村子里刘君实的家住在哪儿啊？"

老人惊讶地望着我："你怎么还会来找他啊？"

我就来了信心："他有个儿子叫刘小天，在读初中。"老人点了点头。我忙说："是啊，我就找他。"

"那你找不着他了。"

"为什么？"我急忙问。

"他……在九年前就去世了，丢下了老人小孩一家六口人。"老人说。

"可是，他的儿子刘小天在联系表上填写的是'爸爸刘君实'啊。"我又说。

"孩子想爸爸呀，六岁就没了爸爸，怎能不想呢？"老人说着，用手中的牛鞭指了指不远处的一间小屋，又开始了犁地。

我对着那小屋看了看，门前有个十多岁的男孩，正在给一个老婆婆喂食物。

我擦了擦蒙眬的眼睛，加快了脚步，向着那不远处的小屋走去……

第二辑

故园碎片

在心间植一株清莲

我是见过牡丹的，国色天香，富丽华贵。似乎片片花瓣都散发着雍容的丰姿，即便是小小的叶儿，也是高人一等，傲视群芳。她们是高不可攀。我每天都能看到小草，遍地都是，用她旺盛的生命力诠释着自己存在的意义。她们，又是太平凡。

我不是敦颐夫子的嫡传，但我的心中总是对莲有一种说不出的向往。香远益清，亭亭净植，说尽了莲的生情。出淤泥而不染，濯清涟而不妖，写全了莲的精神。一株清莲啊，你就是我梦中的爱人。

在心间植一株清莲，我对自己说。

这一株清莲，她是不食人间烟火的小女子。她对世间的要求太少太少，一点阳光，会让她欣喜不已；一丝微风，会让她手舞足蹈；几滴清露，更令她泪花四溅。

这一株清莲，她从大观园中走来，是脱胎换骨的林黛玉，弱不禁风，娇喘微微，成天嗜睡在我心的泡塘。冬天的时候，是她怕冷的时候，我心的血滴，这时就成了她的火炉，成天为她闪光。

这一株清莲，她总是充溢着诱人的气息，散发着迷人的情趣，孕育着惹人的果实。她用她青嫩的芽儿和蜻蜓捉着迷藏，她用她翠绿的叶儿和风儿玩着游戏，她用她或红或白的花儿和白云打着招呼，她用她洁白的藕尖自信地迈着前进的脚步，她用她黑黑的莲子谦逊地展示着内心的充实。她，其实是用她自己的生命，写着一首属于自己的诗。

这一株清莲，"可远观不可亵玩"。她没有高贵，但她有她的矜持；她没有华美，但她有她的优雅；她没有骄傲，但她有她的纯朴；她更没有一丝艳丽，因为，她就是一株清高的莲！

我在心间植一株清莲，让她亭亭立于我心间。每天，我用我的心跳和她约会，用我的心跳呵护她的绽放。我会用我张开的臂膀，为她挡住袭来的凄风冷雨。我会用我蓬勃的生命，为她换取生长的营养。

在心间植一株清莲，这株清莲，是我每天的念想。

在心间植一株清莲，这株清莲，让我的生命一片芬芳。

诗里看月

是在诗的天空认识了月，这个翻滚着思念与惆怅的精灵。

"床前明月光，疑是地上霜。举头望明月，低头思故乡。"孩提时，这首脍炙人口的古诗，就把月光的影子投到了你我的心。

"月有阴晴圆缺"，月亮用她三十天的轨迹，周而复始地比喻着一种哲思——"人有悲欢离合"。月亮，又无时不刻用她的"圆"和"缺"，诠释着人们的思念。谁又说她不是思念的化身呢？

诗人们成了她最好的朋友，诗成了她最温馨的家园。

"举头望明月，低头思故乡。"将思乡之情毫不雕饰地抒发。"露从今夜白，月是故乡明。有弟皆分散，无家问死生。"除了思念之情，还流淌着忧家忧国的感喟。"……闺中只独看。遥怜小儿女，未解忆长安。香雾云鬟湿，清辉玉臂寒。何时倚虚幌，双照泪痕干"绘"长安月夜"，想家乡月夜，构思了他日与家人团聚时的绝妙情景。一轮明月，注满的是苍白的思念；一钩残月，更飘荡着凄清的思绪。"今宵酒醒何处？杨柳岸晓风残月"写出了远离情人后的痛苦，"无言独上西楼，月如钩，寂寞梧桐深院锁清秋"表运出李后主对失去的美好江山的无限惋惜之情。

　　"我寄愁心与明月，随君直到夜郎西"是一种旷达，"俱怀逸兴壮思飞，欲上青天揽明月"是一种豪情，"举杯邀明月，对影成三人"是对快乐的诠释，"今人不见古时月，今月曾经照古人"是一种哲理的反思，"秦时明月汉时关，万里长征人未还。但使龙城飞将在，不教胡马度阴山"是对征战的沉思，也表达诗人建功立业的强烈愿望，意气风发，"回乐烽前沙似雪，受降城下月如霜。不知何处吹芦管，一夜征人尽望乡"是久戍思归之情的表露，也流露出怨恨、惆怅的情绪。

　　"春江潮水连海平，海上明月共潮生……"好一曲《春江花月夜》，展现了春江花月之夜浩瀚幽邃、恬静多彩的巨幅画卷，并以此为背景，着力抒写了离人相思之情以及对人生哲理、宇宙奥秘的沉思遐想。可谓"月"诗中的"压卷之作"。

　　"海上生明月，天涯共此时。"又到中秋月圆时，我们还是要重复心中这首歌——"但愿人长久，千里共婵娟。"末了，我又想起诗人艾青的《我的思念是圆的》这首诗：我的思念是圆的/八月中秋的月亮/也是最亮最圆的/无论山多高、海多宽/天涯海角都能看见它/在这样的夜晚/会想起什么？

　　在这样的夜晚，你又会想起什么呢？快点回家看看，今年，你家的月亮圆吗？

卖　柴

这应该是1980年冬天的事了，那时我只有七岁。

冬日的风是凛冽的。刮了两夜的大风，不少的树枝给吹在了地上，屋前房后，一片狼藉。我和六岁的弟弟就着土墙，晒着太阳。爹和娘正在发愁：手中一分钱也没有，只有十多天就要过年了，这个年怎么过啊？忽然，爹的眼睛中闪动着喜悦。他跑前跑后，像捡着宝贝一样，将那些地上的树枝给聚了拢来，堆在禾场上。

他找来锯子和斧头，将那些树枝一一锯成短条形，只有二十几厘米长；粗的树枝，他用斧头给劈细一些。忙乎了半天，那些杂乱的枝条就很规矩地躺在了禾场上，足有大半禾场。

"这得晒干，这柴晒干了就很好，要的人一定多。"晚上，爹又将这些木柴给收进屋里。第二天，又搬了出来。等到晒了五个太阳日，爹笑眯眯地拿来秧架（用来挑秧的工具，也很方便装柴），小心地将晒干的木柴一根根地摆放在秧架上。爹摆得很整齐，像侍弄着他的儿子们一样。

"过几天下雪了，我挑到街上去卖，会有个好价钱的。"爹又说。爹就开始每天都听广播，想听到天气预报。几天过去了，还是没有雪下。爹就急了："每年的腊月不是都有大雪的吗？今年是怎么了？"终于，在腊月二十八，迎来了一场大雪。

爹穿好衣裳，拉了拉我："虎子，今日个你和我一块上街去。卖柴了，有油条给你吃。"我一下子来了劲，套好衣服，就同爹一道向集市上走。从家到镇上有七八里路。路上行人稀少，只有三三两两提着篮子去买菜的人。还是有风吹来，我觉得冷。爹挑着用秧架装着的一担木柴，吭哧吭哧地在前边走着，他的口中时不时地冒着白气，不知道是热气还是冷气。我冻得打战，但一想到那油条，就又加快了脚步。

爹将木柴挑到了菜市场，因为这里的人多，有可能买柴的人多。我们立在菜场最东头，爹站在前边，我躲在后边。不用吆喝，人家知道这是卖柴的。有个中年人过来问了问价钱，爹说："三分一斤。"中年人说贵了，就走了。爹就又说："全部买走，二分五一斤。"那人头也不回，爹上前了几步没有赶上。爹说："这里人少了，我们挑进菜市场里边。"我们就进了市场里边，里边人多，我们歇脚的地方也难。在肉摊边，爹想歇下，让那胖乎乎的屠夫给喝了声："干啥啊，这儿是不能停的，不要挡了我的生意。"爹就又挑着向前走，在一家卖大白菜的摊位旁，爹跟人家说了声好话，才答应爹歇在了白菜摊旁。

果然人多，过来一个年轻人，问了多少钱一斤后，就说："交二分钱吧。市场管理费。"原来是收费的，爹手中哪里有钱，就说："您看，我这还没有开张哩，要不，您拿几根柴走吧。"年轻人就走开了。一会儿，一个四十多岁的妇女过来问价，爹说"三分一斤"，妇女说："二分一斤我全给你买了。"爹说："您看这木柴多好啊，晒得干，烧起来顺当，这样吧，二分五一斤，全给您了。"妇女又说："那不行，那超计划了。这样，我二分五一斤，买你的一半。"爹就答应了，他知道今天的木柴不好卖，他指了指右边的那只秧架："这边有56斤，给您吧。您住哪？我给您送去。"妇女就在前头走，我们跟着。走了十来分钟，到了一栋两层楼那，妇女说"到了"，爹就将右边木柴准备卸下来。妇女说："你不会少斤两吧。还是称一下。"妇女拿过楼房里的一杆秤，一称，56斤，秤杆旺旺的，翘上了天。爹就问我"多少钱"，我知道爹是在故意考我，我早就算好了的，说："一元四角。"妇女就递过钱，一块四毛钱。爹就将左边的木柴挪了一半到右边，又挑着向菜市场走去。我就问爹为啥不卖左边的柴，爹说："左边的只有55斤，能多卖出一分钱就是一分钱啊。"到了菜市场，爹却不向里走了，说："虎子，你要注意那年轻人，他来收钱，我们就快走。"我就开始注意那收钱的年轻人，人是没有见到，我的鼻子却闻到了飘来的一股油条香味。就在不远处，有个油条铺。爹就说："我们去买油条吧。"我清了清喉咙："爹，我不饿。"我知道木柴没有卖完，是不能吃油条的。

　　菜市场的人也越来越少。过来问价的人也少了。我们在那又站了快一个钟头，也没有人过来买。终于一个老头过来了，说："看你们站了这半天，这样，一分五一斤，我买下了。"爹听了，停了一会，摇了摇头，对着我说："虎子，我们回去吧。"爹就又挑着半担柴往回走。走过油条铺，爹掏出二分钱，买了一根油条，递给我："爹说话算话吧。让你出来就有收获。"我接过油条，先是好好地闻了闻，然后细细地开始吃起来。边吃，也撕下一点给爹，爹说："我不吃，我早先吃过了的，你吃吧。"回走了二三里路，爹忽然说："虎子，我们还是回街上去，我还真得将这柴给卖掉。"我就又和爹深一脚浅一脚地向街上走。爹没有去菜市场，却来到了那妇女买柴的地方。那妇女还在，爹就说："您看，这柴，我还是想卖给您，就二分一斤……"爹说话的声音很低。妇女就转过了头："哦，还是你们爷俩啊，二分一斤？你划算不？好吧，看在你家小子的分上，我买了。这小子将来有出息的，斤两一出来就知道多少钱，多会算啊。"爹说那还是称一下吧，妇女说："先不是称了的吗？不称了，还是算56斤吧。"爹就替妇女将柴整齐地摆放在屋角。妇女就又问我"多少钱"，我说"56斤那就一元一角二分"。妇女就递过钱来。爹说："不了，这边的只有55斤，不要这么多钱。"爹就将那二分钱退还给了妇女。

　　爹拿出衣袋中的对角巾，将钱小心地包好。临走，我对着那妇女说了声"谢谢"，我们踏上了回家的路。爹很高兴，又买了一根油条，他用力地嗅了嗅，又交到我手中："虎子，将这油条拿好，带回去给弟弟和娘吃。"爹回家后就将钱交给娘去置办年货了。

那一天，爹和我们兄弟俩在一起，堆了好大一个雪人。

怀念书信

怀念书信。

提笔写下文题的时候，我的心中涌起一股酸酸的味道。我和书信已是恍如隔世的感觉了。虽然，我每天会从我的电子邮箱里收到几封信件，隔三岔五的我也会从邮员手里接过牛皮纸信封——或是用稿通知，或是样刊，但是这些所谓的叫作"信"的东西，它们已经失去了作为书信的意义，我在心里不把它们叫书信。

一股暗流常在我的心头涌动，常常想着迸发而出。我怀念那些书信的日子，那种真正属于我的书信年代。

搬个小椅，或许会泡上杯好茶，清淡清淡的。然后，拿过邮员递来的书信，那写有自己尊姓大名的信封，竟也会把玩一番。目光当然停留在信封的右下角，看看是谁谁谁寄达我处的——当然，有时是不用停留的，信封上的字体，一落眼就知道了是谁。这时，他或她的音容笑貌早已从脑海中闪现，也就会忆起属于我们的快乐抑或惆怅却也让人铭记的日子。接着，慢条斯理地撕开信封封口。小心翼翼地撕拆，生怕弄坏了信封，更担心弄疼了友人邮来的深情。

喝着茶，细细品酌着茶的清香，也慢慢将书信展开，一字一句慢慢享用。眼睛盯着不放，生怕看漏了一个字。读信的味道，也正如喝一杯茶，有时清香，有时苦涩。清香时暗暗细品，苦涩时暗自落泪。末了，再看看信纸反面，也许还可以读到一点暗示哩。有画一幅小图增添乐趣的，更有写个谜语让你猜个半天的。

这时，你回信的念头也就蠢蠢欲动了。有时慌忙拿过信纸（信纸也是有讲究的，有色彩绚丽的，有平淡如水的，得看你给谁回信，得看你的心情如何，你便选择怎样的信纸），草草而书，一气呵成，颇有如曹子建为文之豪气。有时，将来信放上几天，再来看时，别有会意，这时动笔，颇讲章法，写完之后自己读上一遍，真感觉是篇情真意切的美文呢。不管怎样，回信时，给人的感觉就像是和人在说着话儿，面对面地在说。也许是豪情满怀，也许又是情意绵绵。

信一写好，便装进信封，信封上的字体也得选择选择。我是不习惯总用一种字体的，特别是"收信人"一栏，我会凭我的感觉另外书写一种字体，比如"地址"用正楷体，"收信人姓名"我就会用隶书。而右下角的落款处，那就肯定是自己签名式的行草了。小心翼翼地封好信封，马不停蹄地赶往邮政局。若是晚上封的信，须等到翌日早晨，这时又怕忘了这件事，便在记事板上郑重地写上"发信"二字。这样，才会上床安心地入睡。临投信进邮箱那会儿，还会把信拿出来看看，想想是不是该写的都写了呢，真有种"复恐匆匆说不尽，行人临发又开封"的味道。信进邮箱，便长长地吁出一口气。同时，另一种希望就已经潜滋暗长起来——什么时候，我才能收到回信哟？

有几个周末，我关了电脑，关了手机，将自己关进了书房，翻出我的一大袋信件——400多封哩。然后，席地而坐，一封又一封地看起来，品味着我亲爱的亲友们传递给我的幸福，享受着一份真正属于我的快乐。曾在两次搬家时，爱人对我说："你还留下这些信件有啥用？不如把它们都扔了。"我拦住了她，说："这才是属于我的真正的宝贝。"我知道，她是不知道书信的重量呀。

书信的往来，是人与人真正意义上情感的交流，更是一个人挺直脊梁的力量。"烽火连三月，家书抵万金"，是一颗挂念之心；"雁字回时，月满西楼"，是一种凄美之爱；"乡书处何达，归雁洛阳边"，是一片思乡之情。鲁迅先生的好多书信，激励了无数革命青年的成长；傅雷家书，培育了一个引以为豪的儿子；张海迪和史铁生的书信来往，相互勉励，相互鼓舞，谱写着自己坚强的人生。我们，感受着书信的温暖，吸取着书信无尽的力量。

可是，书信这个精灵，似乎就要偏离我们而去……

社会在发展，人与人的情感交流也似乎趋于一种速成化，即使千里之外，一个电话或一个E-mail，就能解决许多问题，再难找到书信的生存空间。我不是复古主义者，我有接受E-mail的坦然心态，但是我还是更怀念真正属于我，属于我和我的朋友们的书信年代。

怀念书信。

姆妈

我写过不少的所谓文章，但从不敢写我的母亲。我不敢写的原因一是担心我笨拙的笔写不好我的母亲，二则我的母亲常被人称作"矮子"和

"憨"，这是属于我作为儿子的最私密的想念，我不大想写出来。

但，我还是想要写我的母亲，算是送给她生日的礼物。不然她的年岁越大，我就越不敢动笔了。

我们那儿把母亲不叫"妈妈"，这是我后来上小学时才知道的称呼；也不叫"娘"，那不是我们当地的口语。我们管母亲叫"姆妈"，从小时候我会说话起到现在我30多岁，我总是这样叫她"姆妈"，多些亲切，多份尊敬。

姆妈的个子不高，大约只有接近一米五吧。她先后生养了我们兄弟三人，我是老大，老二比我小两岁，小弟比我小七岁。据说在我之前也怀过一个女孩的，但不知道是什么原因出生时却死掉了。为此，我奶奶责骂过她。奶奶能说会道，姆妈却沉默少言。奶奶常常会为了点小事把姆妈训斥得哑口无言，这也许是封建社会在我家留下的余孽吧。等到我出生了，奶奶才对姆妈好一点，因为奶奶有了她的孙儿了。但是在料理婴儿时的我时，姆妈肯定没有经验，也因此遭到了奶奶更厉害的责骂。奶奶担心她照看不好她的孙儿，就亲自来照管了。这样，即使是自己亲生的儿子，姆妈却不能看管，可以想象，那时她的心中是一种什么样的滋味。每每这时，我的父亲是不会站在姆妈这边而绝对站在奶奶那边的，因为父亲是奶奶四十岁了才生养的唯一的儿子。现在想起来，那时的姆妈会是多么的无助呀。不久奶奶去世了，姆妈依然先后带大了我们三兄弟。但以后的言行中，渐渐长大的我们从没有发现姆妈对奶奶的不满和抱怨。这些事父亲也从没有对我们说，是村里年纪大的奶奶说给我们听的。

我和大弟能满地跑的时候，听见人们对我们常说的话就是"你的矮子妈""你的憨姆妈"。要是大人说，我们兄弟总会怒目以对；要是小孩说的话，我们兄弟就会上去一顿厮打，不管是输是赢。姆妈做事慢。那时还没有分产到户，一到农忙，每人都有扯秧插秧的任务。分了任务，就得自己去完成。我们家就姆妈一个女劳力。这样，人家扯秧或插秧快一点，就会把留下的任务越留越多。本来就慢的姆妈这下更慢了，因为有不少的

"任务"是那些不讲人情的人留下的。常常，她深夜回来，幼小的我们看她的胳膊和腿上时，到处都是蚊子、蚂蟥咬成的伤口。可是，我们又有什么办法呢？

父亲读过一点书，那时开始在村里做民办教师。学校事情多，他大多时候在学校。这样忙完农活后的姆妈回家后还得做饭、洗衣、喂猪、看孩子。后来包产到户，我们也渐渐大了，有时能下地做简单的农活，有时也能做些家务，姆妈这时才轻松一点。

姆妈不识字，可是她居然做了一件让我们几个儿子都佩服的事。父亲因为和人家闹纠纷，打断了人家的胳膊，先是躲避到了云南，五十岁的姆妈随后也跟了去，说要去照顾多病的父亲。我真不知道目不识丁的姆妈是怎样找到云南思茅去的。最后父亲还是进了派出所，得赔七千元钱才放人。有人劝姆妈不再去管了，但是姆妈说她肯定要管，和我们商量后，她又东奔西走，凑足了钱，父亲这才回到家。也许从这时起，父亲才真正地对姆妈好起来。这时候，姆妈五十二岁。

姆妈矮，不足一米五。童年时我们兄弟总想着长得超过她，等到我们兄弟真超过时，她的脸上这才现出了笑容。她曾对人说，儿子矮了呀，难找媳妇的。童年的我们好玩，有时也不大情愿去帮姆妈做家务的。记得有好几次，她扎篱笆要个帮手，找到了贪玩的我们，央我们回去帮她。谁知我们撒腿就跑。她也就跟了上来，但怎么也抓不到我们，我们哈哈大笑起来，她也大笑起来。现在想来，觉得有点自责，但却是我们母子间最美好的回忆。懂事之后，我们从来都觉得她是多么的高大。去别人家里借风车水车，姆妈总是抬那头重的，她不知道她的儿子力气已经比她大多了。我读师范时回家，家里水缸没水，我想去挑，她却不让，说家里来客了，还让你挑吗？后来从田里挑谷回家，我试过，却总挑不起来，但谁想，身高不到一米五的姆妈居然挑动了一百多斤的担子。也许，这就是真是矮小的姆妈的伟大力量了。

姆妈憨。这话是那些本来就憨的人说我姆妈的。我们兄弟三人从来不觉得她憨。姆妈憨，她给我们做的布鞋做了一双又一双，样式不大好看，但温暖耐穿，那时的年月，还讲什么好看？姆妈憨，每天做饭时会多放一点米，有时会多出不少的剩饭，这不是让她的儿子们吃得更饱吗？姆妈憨，她炒菜时会多放点盐，菜就咸了，在那菜少人多的日子，不咸点会够吃吗？姆妈憨，她时常吃冷饭，这不又节约了油盐柴禾吗？姆妈憨，一个最大的西瓜留着不吃，放在床下却烂掉了，可你是否知道，等到周末时她的儿子们就会回来了呀；姆妈憨，管我们做事不认真叫"敷衍塞责"，可这个成语我在读中学时才弄懂它的读音和意义。姆妈憨，竟然会给我们讲许许多多的民间故事，当然，只是讲给她的儿子们听的……

姆妈的三个儿子现在都已成家立业了。我的条件比两个弟弟要好，曾说让她跟我们一起来住，她连连摆手说："住不惯你们的鸽子笼呀，我在乡下多好！"我的姆妈，如今还在乡下过着她的生活，仍然用瘦小的身躯挑着水、挑着稻，挑着她自己的生活。

四十不惑说过年

俯仰之间，我就要过第四十个年了。

最快乐的过年记忆当然是少年时。对人情世故似懂非懂的样子，刚到了秋天，就问不停忙碌的母亲："什么时候过年啊？"母亲总是轻轻地笑："快了，快了。"年少的我不懂日历，但看见房前屋后满地的落叶时，我就知道，年快到了。等到母亲拿着大大的锅铲在大大的锅里忙乎的时候，我知道年就在眼前了。

这是母亲在熬麦芽糖。金黄的麦芽，和着浸泡后的大米，一起用石磨碾碎，倒进大锅，在红红大火的猛烈攻势下，一个多时辰，化为温柔的糖稀。那沁人的香味儿，早就飘进了左邻右舍的心里。哪家熬麦芽糖，也都来搭搭手帮帮忙。一旁，箩筐里装着用细沙炒好的干泡米。干泡米是蒸熟的大米，又借阳光晒干了的。炒熟了，咬起来碎碎地响，不会硌牙。满屋都是麦芽糖香的时候，母亲知道到火候了。找来一个大木盆，盆底放些食用油（避免糖稀附在盆子上），先把干泡米放进去，再倒入适量的糖稀，用手均匀搅拌。这时候手得利索，因为糖稀的温度高，又粘人，要是粘在手上，烫得直叫。不过三分钟，这干泡米就和糖稀连为了一个整体。这时，将大盆子倒在案板上，那盆内大大的圆形饼就出来了。邻居的婶婶们慌忙着将菜刀伸了过来——得将还没有完全硬直的麦芽糖切成一小块一小块的。那菜刀，昨天就磨洗得光亮光亮了。于是，婶婶们又比赛着，看谁切得快，切得有形。我们呢，就着麦芽糖的温度，小偷似的抢过几小块，急着放进嘴里。那甜味儿，让我们馋了整整一年了哩。

其实，一进入腊月，母亲就更忙碌了。我曾在书上看到，说传统意义上的年，应该从腊八开始，到正月十五才结束。腊八应该会有腊八粥，但我从来没有吃过，也许是风俗不同的缘故吧。在江汉平原一带，是没有这个习俗的。但对年美好的感觉应该是一样的了。

腊月的日程，在母亲心里安排好了。哪天打糍粑，哪天做豆腐，哪天煎豆饼，哪天起油货。

起油货这一天名堂最多，我们最喜欢。最先是用油炸饺子。饺子不是北方过年时用水煮的饺子，水煮的饺子我后来见过，我总觉得水煮不够年味，得用油炸才好。做饺子得先调好面粉，母亲有时也加进几个鸡蛋，说这样的饺子油炸得酥一些好吃一些。调好了，得用擀面杖擀成面皮。这是力气活，父亲在家时就是父亲擀面，但父亲有时不在家，母亲也得披挂上阵。母亲的个子不高，力气不够，用了小板凳站着擀面，但也显得吃力。我们还小，也使不上力气，也只能干着急了。面皮擀好了，用菜刀轻轻一划，那擀面杖上的面皮就像美人脱衣一样，平躺在案板上。母亲继续擀面，剩下来的工作就由我来做了。小心地用菜刀将面皮划成一小片一小片，再在面皮中央用菜刀轻轻地划上三个小口子。做饺子呢，拿起一小张面皮，抓住面皮的两角，将两角巧妙地塞进三个小口子中间的那个，然后轻轻一拉。这样，一个四角周正、有模有样的饺子就做成了。等到做饺子的工序快完时，母亲就烧起了油锅。我呢，就找来一块小板子，将做好的饺子每次十多个、一次一次地送到母亲烧起的油锅边。饺子炸完了，然后用油炸玉兰片（玉兰花形状的面食），用油炸荷叶子（荷叶形状的面食）。有时，也炸鱼吃。那个年代，能吃到炸鱼当然是更高的享受了。

每每这个时节，屋子外边总是刮着凛冽的风，但我们兄弟从来不觉得寒冷。

不管做成了哪样好吃的吃食，前几件成品，母亲总会说上一句："来，送祖宗那儿去。"我就有些不情愿地用一只碗端了那几件成品，然后又恭恭敬敬地摆放在我家堂屋的神柜上。我知道，这是给先人们吃的。

"腊月二十四，掸尘扫房子"，要过年了，掸尘扫房子是少不了的。这个工作大多由父亲来做。父亲戴了草帽，穿了旧衣，拿着长长的笤帚，先从里屋的屋顶扫起，再扫地面，最后扫屋子外面。母亲呢，趁着好天气，忙着洗晒家里床上的被单蚊帐，还有一家人的衣服鞋子，也不忘记将十多年前的好久不穿的衣服拿出来晒一晒。就这一两天，家里就像变了个样儿。走进去，觉得宽敞得多，觉得明亮得很。腊月二十四，这是我们的小年夜。这天晚上，母亲还会做一件事——祭灶神。我看见母亲在我家厨房的灶门前虔诚在点上三炷香，烧纸，作揖。我也便跟着作揖。我就觉得，灶神，肯定是给我们每天生活的神仙。

父亲也忙起来了。他在上个月就计划好了，过年时给家里的孩子们买上哪些新衣，家里还得买些什么菜食。这菜食，得管好些天。正月里，按习俗我们是不能上街买菜的。那时白家境不怎么好，拮据的家庭总会有拮据的办法。记得有一年，父亲带着我，挑了一担柴上街，卖了，我们回家过年。在街上，父亲买了一根油条给我吃。我和大弟都还小，都像村里的小朋友一样，想着要灯笼。要了好几次，父亲终于答应买了，可是他没有买灯笼里的蜡烛。父亲说："不一定蜡烛才照得亮啊。"于是，父亲带着我们一起动手，用废弃的墨水瓶做成了油灯，放进灯笼里，居然是最亮的灯笼。长大的我就常想：其实啊，自己的光明就在眼前，在自己手中哩。

"千门万户曈曈日，总把新桃换旧符。"写对联，当然是父亲的事儿了。父亲那时是村小学的老师。我们家的房子不大，每年过年，父亲写了许多对联，将整个房子贴得通红通红。矮小的厨房，父亲也写了"日照厨房暖，风吹菜味香"的话语。这应该是父亲自作的对联。村子里的对联，几乎都是父亲的杰作。父亲是不要酬劳的，乡里乡亲的，只要买来写对联的红纸就行。有时，有人递过一支烟，父亲更是高兴得了不得了，字也写得更流畅。我和我弟呢，就觉得有点惨了，得站在父亲对面帮着父亲牵对联，以免让刚写好的墨汁浸坏对联。少不了的，是我和我弟之间的ＰＫ，因为天冷手冷，都不想做父亲这个帮手。屋子里还会张贴几张年画。好几年我都看见家家户户贴着一张《年年有余》的画儿。还有门神，大多贴的是秦叔宝、尉迟敬德。那些上门讨口彩的或划彩龙船的人一进门就会唱：

走进门啦，把脚跌啊，红纸对子两边贴呀，左边贴的秦叔宝啊，右边贴的胡敬德呀，人也黑也，马也黑也，手拿钢鞭十八节啊……

很快地，就到了除夕。团年宴是这一天最隆重的节目。村里有兄弟几个的，前几天就安排好，哪天到哪家团年。那气氛，像是过了好几个年一样。我们只有羡慕的分儿，因为父亲没有兄弟。这一天，母亲早早地就起床了，她先走向鸡笼，得杀只鸡，这是为今天的团年宴准备的，母亲说一年上头得吃只新鲜的鸡。父亲也起得早，他上街去做最后的采购，买点新鲜的鱼肉回来。回家的路上，时不时地与人搭讪："今日个菜贵得吓人呢。"

在母亲的催促下，一家人急急地吃了早饭。母亲就开始做团年的饭食了。母亲说："团年饭熟得早，早些团年，吉祥。"每年的团年宴，母亲并没有帮手，但不到下午两点，团年饭就做好了。我们兄弟一起帮着端菜上桌子。菜至少有十碗，这也是母亲自定的规矩。菜上了桌子，我们就开始祭祖宗，上香，烧纸钱，作揖，我们兄弟和父亲一同进行。然后，到屋外的禾场放鞭。"爆竹声中一岁除，春风送暖入屠苏。"有了爆竹才叫过年。我们兄弟拿着一支燃着的香，点燃鞭炮。父亲拿起炮，用烟点燃了，用力地向空中抛去。三只炮，三声巨响，那碎纸片纷纷落下。我们的团年宴开始。

我们穿好了新衣服，坐在了团年宴的桌子边。

照样，盛好的饭菜我们不先动筷子，因为得先敬祖宗。有时是父亲，有时是母亲就会自然地说："祖先们，一年到头了，请享用吧。"只是几秒钟后，我们就可以开始吃了。父亲会喝酒。酒喝到一半，就从口袋里搜出几张崭新的人民币，向着我们兄弟说："来啊，来领取压岁钱啊。"我们就欢快地奔了过去。

但是，我们兄弟的兴趣不在压岁钱的多少，也不在新衣服的好坏。我们想着那魂牵梦绕的鞭炮。我们兄弟留心父亲安放鞭炮的位置，一有机会，我们会偷偷地从大串的鞭炮上拧下十来个小鞭，一人一半。拿着支香，时不时地"砰"地一下，在这响声中我们得到一阵又一阵的快乐。

年的气氛就浓了。

夜空是黑黑的，最先窜出孩子们的灯笼。然后，是成队成队的妇女，拿着香、纸钱和鞭炮，那是代表着一家人走向宗庙或土地神那儿去朝拜的。再，是成年的男子，带着家中的孩子们，拿着灯笼、蜡烛、香纸等物品，一同去给故去的亲人送灯。每年的这一天，父亲总是带着我们兄弟去祭奠我们的祖人们。母亲这时，开了卤锅，卤起菜来，家家户户，卤味香浓，也不知道哪一家的最可口。有时，母亲也用细沙炒花生，花生红润红润的，扑鼻地香。

让年的气氛达到高潮的，是村子里的舞龙活动。青壮年们，是舞龙的主力军。从村子头舞到村子尾，一家也不跳过。这是尊贵的龙在给村人们拜年，据说是对龙的象征者皇帝的一个有力嘲弄。舞龙也是讲究经验的，村子的华伯老一辈人，能够站在高高的板凳上舞龙，也能睡在地上舞龙。这个精彩的场面我确实见过，以后再看人舞龙时，我总提不起兴趣，总觉得没有我村子里的龙有精神。龙到哪一家，这家的主人也会或多或少地给彩头。舞龙结束时，人们就会将所有的彩头平分，人人讨得一点吉利。舞龙时除了那富有节奏的鼓点扣人心弦外，刺激的事儿要算喷火的把戏了。这边龙在飞舞，那边的吕伯口里含了煤油，就着火把，噗地一下，火焰升得老高。又一下，人们的尖叫声就更大了。有时，舞到村尾时，那不远处的坟地有火星在上下跳动，就有人叫："看啊，鬼也在舞龙哩。"这一叫，舞龙的人就更带劲了。有人又说："这人肯定要胜过鬼的，不然，人就不是人了。"幼小的我心里有些怕，这世上真有鬼吗？后来长大了，知道那是因为气温上升，坟地里有磷火窜出来的原因。

舞龙完了，那时电视机少，看春节联欢晚会的可能性不大，更多的人开始聚拢来赌博。赌额并不大，只是图个热闹。也有家人聚在一起，边说边聊，吃些瓜子、花生、糖果，有时也一家人玩起扑克，其乐融融。若干年之后，这个时段，看春节联欢晚会的人当然增多了，但赌博的习性并没有变，只是赌额要大得多。而现在呢，春节晚会也不吸引观众了，不知一些人们在做着些什么呢。

不如就守岁。"一夜连双岁，五更分二年。"肯定是要守岁的。人们点起蜡烛或油灯，通宵守夜，象征着把一切邪瘟病疫照跑驱走，期待着新的一年吉祥如意。向来节俭的母亲也说，家里的每一个房间都得亮着，这样啊，明年的每一天我们家里的每一个人都是亮堂着的。

这个晚上，两挂鞭炮是少不了的。前一挂，大约天刚黑下来时燃放，算是辞旧；第二挂，不约而同地是凌晨时燃放，是迎新了。第二挂鞭炮没有燃放之前，家里的大门是不能开的，得过十二点，给祖宗上香后，再烧纸钱，开门。母亲口中常会说几句吉利的话：

开门大发财，金银财宝滚进来，滚进不滚出，金银财宝堆满屋。

然后，开门放鞭炮。这时，普天同庆，万千鞭炮齐鸣，就好像在你耳边响一样；那鞭炮，像比赛似的看谁响亮，你想要睡一个好觉，当然是不可能的了。除非你打麻将或赌博大胜，赢了个痛快；或者输了个干净，"风吹鸭蛋壳，财去人安乐"，也图个轻松。

正月初一，这是一年的第一天。清晨，母亲会拿了香和纸钱插在门前的水塘边，并不点燃，因为这是祭河神的。这一天，母亲会两三叮嘱，所有的生活用水不要倒在了地上，后边准备了一个大水桶了的。还有，家里扫地了，用不着将垃圾撮走，只堆在大门后就行；这恰好给了偷懒的我们一个合适的理由。早餐，照例是九个食碟，全是昨晚卤好的菜，冷的，上边撒上一层鲜红鲜红的水辣椒，红黑分明，好看，也好吃。这九个食碟，我最喜欢吃的是卤鸡肉，还有炸鱼。但没有长辈开口，我们小孩子是不轻易动筷子的。母亲说，曾经，村子里煎了一盘鱼，从村东边端到村西边，只是为了凑一碗菜。我知道，母亲这在告知我们做儿女的，生活确实是来之不易的。早餐不只是有冷的卤菜，热的汤圆一同上来了。母亲不叫它"汤圆"，叫它"元宝"，这是一种吉祥的说法了。这些天，长辈们担心孩子们乱说话，就在堂屋的左右墙上写下"童言无忌，大吉大利"的字条。

这新年的头一天，子女是不外出的，得拜父母，向家中族中的长辈问安。我和弟起床后，忙着放鞭时，多次让父亲责令说，去拜拜族里的几个祖爷叔伯吧。刚结婚的夫妇，在这一天早起后第一件事是端着糖茶去给族中的长辈拜年，讨得些许赏钱。那些长辈们，还缩在被窝里，被敲门声叫醒，也不恼，开门了又钻进被窝，被子也还盖着，翘起脑壳接过新婚夫妇的糖茶，咕咚一声喝个精光，在茶杯里塞进几张纸币，算是给晚辈们一点交代。这叫"喝翘脑壳茶"。也有外出走亲访友的，起得很早，那是去烧亲香。在上一年里，有亲人去世，逝者为大，活着的亲人就得在这一年的正月初一去为逝者烧香，是祭奠，也是最早的拜年了。

到了初二，这是拜见岳父岳母的法定日子。年轻的夫妇，是不敢违抗这条法规的。上了年岁的夫妻，有了孩子，就常常让孩子们去走一趟，是代劳了。今天，我仍然记得一个镜头，在去外婆家拜年后回家的路上，满眼银色的雪地里，我蹦跳着在前头，父亲的头上顶着弟弟，母亲悄无声息地走在最后。这应该是我最幸福的回忆了。

这正月初一、初二是规定动作，那初三及以后就是自选动作了。看外公外婆，肯定要去。有老亲的，如舅父姑父姨父，也是要去一趟的。礼物并不在多，有时就是两筒枯饼。但心情是一样的，向长辈问安，与同辈欢聚，给晚辈压岁，成为这个时节最时髦的事儿。平日里都忙着，这几天算是有时间了，聚拢来谈上几个时辰，将彼此的情感延长。这些年，朋友间的往来多了，似乎将亲戚间的走动淡化了，这不是一个好的方向。每年的正月初三或初四，我总会去我的舅家看看；那里，曾经是我儿时的乐园。

等到初五初六时，年味就慢慢冲淡了。有时有舞狮子的或划彩龙船的经过，讨一包烟钱。亲戚朋友少的，已经开始下地干活了；村人们勤劳的本色总是不会变的。兄弟姐妹多的，还在忙着走东访西。我们家只有三兄弟没有姐妹，母亲也常常将家中的菜留着一些，预备着我姑父家舅父家的几个表兄来访。这时，外出打工的早就走了，上班的也上班了，上学的也准备着要上学了。偶尔，从哪一家会传出麻将声或者骰子声，这是有人在打麻将或赌博，让人感觉年的一些其他气息。

正月初九，俗称“上九日”。这一天的清晨照样鞭炮轰响，这是在送年。拜年，以未出上九日为亲厚，过上九则为拜迟年。这天传说是玉皇大帝的生日，母亲和村里的婶子婆婆们昨天就约定好，今天得去最大的万佛寺去敬菩萨。不能坐车，得走去。那些年迈的婆婆们，一个来回，一走就是一整天。这是一种虔诚，也是一种锻炼身体的最好方式吧。

初九之后，人们似乎要忘记了年。但"年小月半大"，正月十五总是要庆祝庆祝的。正月十五元宵节是一年中第一个月圆之夜，也是一元复始、大地回春的夜晚。人们对此加以庆祝，也是庆贺新春的延续。元宵节又被称为"上元节"。按中国民间的传统，在这天上皓月高悬的夜晚，人们要点起彩灯万盏，以示庆贺。出门赏月，燃灯放焰，喜猜灯谜，共吃元宵，这些是合家团聚同庆佳节最好的节目。封建社会里，这一天是君王微服出巡、与民同乐的最佳时机，也是青年男女们的美妙的情人节。有一首作者常常有争议的《元夜》诗就说的是这个情景：

去年元夜时，花市灯如昼。月上柳梢头，人约黄昏后。

今年元夜时，月与灯依旧。不见去年人，泪湿春衫透！

正月十五元宵节，很多的地方吃元宵，但江汉平原吃"团子"，有着全家团圆之意。团子这种食品，是江汉平原的特产。团子的做法，先将大米浸泡几个时辰，然后碾压成粉。粉的粗细要适中，太粗则口感粗糙，太细则没有劲口。再将米粉放进锅里炒成半熟，用水和成半干不湿的泥土状态。接着捏团子，将半干不湿的米粉捏成窝形，放进早已做成的"团子"辅料（可以是海带豆腐之类的卤菜，可以是炒熟的新鲜肉丝，也可以是纯素的榨菜，由个人喜好来决定）。最后将这个团子搓成圆球形状，放进蒸笼里去蒸。也可以不用辅料，直接做成石碌样，叫它"石碌团子"，没有味道，不大好吃。不到一个时辰，团子就熟了，一家人围坐在桌边，一人挑上最满意的一个，笑呵呵地，吃出自己想要的圆圆满满。晚上，天上一轮满，还是忘不了去给逝去的亲人送盏灯。这一晚也会舞龙，但场景没有除夕的热闹，从村头到村尾，要不了一个时辰。然后，一把火点燃，将龙头给烧掉，明年再做一个更雄壮的龙头来。如今，好多的青壮年都外出了，不单是元宵夜的舞龙要消失，就是除夕的舞龙也少见了。零星的有些舞龙的队伍，大多是为赚取彩头而来，我跟着看了几次，没有多大趣味。有一回元宵节时地方政府做了一次灯会，为政绩而设，耗资巨大，百姓们也没有什么幸福的感觉。

现在过年，少了许多的趣味。那熬麦芽糖、打豆腐、起油货炸饺子的事儿只能留存在脑海了。母亲有时候想再做做，我们阻止了，一则母亲年岁大了，二则这些吃食满街都是，伸钱就有。城里到处有不许放鞭炮的法令。除夕的黄昏，同无数个平淡的冬日黄昏一样，凄冷的夕阳在大楼后面，仿如盗走人类文明辉光的小偷。拜年的活动每年都有，但大多是参加单位的或同学会的团拜会。有些人将家庭团年宴也搬到了酒店，这肯定不是真正意义上的团年宴了吧。那些舞龙舞狮划彩龙船的人很少见到了。家里的两个弟弟，常年在外打工，难得买到火车票，年底时坐了高价汽车也急匆匆地往家里赶，不到正月初十，他们又要带着他们的妻儿外出。村子里最会舞龙的华伯成了华爷爷，步履蹒跚。会喷火的吕伯也老了，天天带着自家的孙儿。对联常有，大多是我写的，对联中嵌上了家里小孩子的名字，读得有些趣味。这算是过年给我的少有的念想吧。

过年，有些年味才好啊。

清明一霎又今朝

清明一霎又今朝。

头脑里先是闪现出杜牧的千古绝作："清明时节雨纷纷，路上行人欲断魂。借问酒家何处有，牧童遥指杏花村。"春雨绵绵，春意纷纷，不知是离人泪还是老天情，都含蓄在纷纷雨里，依附在断魂人上，消逝在浇愁酒中。然后一幅冷色调的图画浮现了：坟堆旁，墓碑前，立着三五个人，焚香、烧纸、默默无语，飞扬的纸灰里撒满了沉重的哀思……

这是想象中的清明节。这是传统意义的清明节。古时有"寒食上墓"的习俗，因寒食节与清明节相接，后来就传为清明扫墓。旧时扫墓十分流行——据《京都风俗志》载："是日倾城上冢，九门城外，自晨至暮，处处飞灰，其野店荒村，酒食一罄。"据说这清明扫墓的源头，竟然和"智慧化身"诸葛亮有关。诸葛亮治蜀，深得人心，但去世后朝廷却没有为他盖庙，于是百姓就在清明前后于田野道路上拜祭。其后，朝廷自省如此扫墓措置不当，下令附祭诸葛亮于先祖（刘备）庙，但清明拜祭的风俗已经形成，并演变为各人祭扫先人坟墓了。也许这是人们对神化了的孔明先生的另一种崇敬，之前清明扫墓也肯定是有的，大概到了这时才真正成了习俗。

真正意义上的清明不只是扫墓。

清明时节有插柳之习俗。《风土记》称清明为"柳节"。人们或者是把攀折下来的柳枝插在屋檐下或门窗上，或者是直接把柳枝插在头上。尤其是妇女，用柳条编成精巧的圈儿插在鬓上表示青春常在。民间有"清明不戴柳，来生变黄狗""清明不戴柳，红颜成皓首"的谚语，似是分别对儿童、妇女而言。宋朝杨韫华《山塘擢歌》云："清明一霎又今朝，听得沿街卖柳条；相约毗邻诸姐妹，一株斜插绿云翘"，说明还有人借插柳而卖柳，赚点辛苦钱哩。《唐书》上也有这样的记载：唐中宗在清明节赐臣子以柳条，编织柳圈，以避虫疫。传世名画《清明上河图》中绘有一顶自汴京郊外扫墓归来的轿子，上面插满了杨柳枝，这又可见宋代此风俗之炽盛。

清明插柳的习俗的源起，据说与悼念介子推有关。春秋时，介子推随晋公子重耳流亡列国，曾割股肉给重耳充饥。重耳当上国君（晋文公）后，介子推偕母亲隐居绵山。晋文公下令烧山以逼他来受封。介子推不肯，和老母靠在一棵大柳树下，被活活烧死。翌年，文公与群臣去绵山祭奠，行至坟前，只见那死柳复活，千条柳丝随风漫舞，文公掐了一根，编一个圈儿戴在头上。群臣见了，也学着折柳插头。插柳习俗由此而生。宋人黄庭坚曾写过一首《清明》的诗："佳节清明桃李笑，野田荒冢只生愁。雷惊天地龙蛇蛰，雨足郊原草木柔。人乞祭余骄妾妇，士甘焚死不公侯。贤愚千载知谁是，满眼蓬蒿共一丘。"诗中"焚死不公侯"的"士"就是介子推，"人乞"就是那让人笑掉大牙的有一妻一妾的齐人了。诗人描写清明时节之景，借乞食的齐人和焚死的介子推，抒"贤愚难辨"之情，实在是妙！

清明时节还盛行各种户外活动，如秋千、蹴鞠、斗鸡、放风筝等。唐代诗人韦庄有诗曰："满街杨柳绿丝烟，画出清明二月天。好是隔帘花树动，女郎撩乱送秋千。"后两句写女子在花树深处荡秋千，若隐若现，煞是好看。秋千，如今还是可以荡的；但作为中国古代足球的蹴鞠，唐宋时盛行，可惜如今已失传了。如今还有斗鸡，但极少见了。当然最爱做的活动就是放风筝了。"草长莺飞二月天，拂堤杨柳醉春烟。儿童放学归来早，忙趁东风放纸鸢。"这是孩子们的乐趣。飘满风筝的天空，这又何止是孩子们的天堂！和风熙日，湛蓝的天空中，各式各样的风筝，争奇斗艳，有神话故事中的神仙、戏曲中的人物，更有展翅飞舞的蝴蝶、摆尾摇动的金鱼，这又是一幅怎样的美丽图画啊！

春暖花开的清明时节，更是人们踏青郊游的好时光。据《武林旧事》记载："清明前后十日，城中士女艳妆饰，金翠琛缡，接踵联肩，翩翩游赏，画船箫鼓，终日不绝。"真是好一番热闹的景象。宋代诗人吴维信的《清明诗》曾作描述："梨花风起正清明，游子寻春半出城。日暮笙歌收拾去，万株杨柳属流莺。"生动形象地绘出了一幅人们竞相外出踏青图。而大文豪欧阳修的"南园春半踏青时，风和闻马嘶。青梅如柳柳如眉，日长蝴蝶飞"词句，更是画出了一幅清新迷人的踏青风俗画。

"清明"两字的来历，据《岁时百问》载："万物生长此时，皆清洁而明净，故谓之清明。"如今的人们，常常为一种快节奏的生活所累，不如趁着风和日暖的清明时节出去透透气，舒活舒活筋骨。如今的清明，不再是"胡园断肠处"，定会是"日夜柳条新"了。

魂牵梦绕小人书

　　岁月似刀，毫不留情地将皱纹刻上了我的额头；生命如歌，抑扬顿挫流淌着酸甜苦辣的曲调。我们在长大，我们在变老。慢慢长大变老的我总是忘不了人生之歌里曾经的一个快乐音符——小人书。

　　小人书，让我魂牵梦绕的小人书！

　　乡下的童年是快乐的，可以滚铁环、玩弹珠，还可以下河摸鱼捉泥鳅。到了晚上，还可以借着皎洁的月光玩"老鹰捉小鸡"和"丢手绢"的游戏。但现在回想起来，不但带给了我快乐，而且让我终身受益的东西，恐怕就是小人书了。

　　那时，我们管小人书叫"娃娃书"。觉得这名儿特亲切，那小小的书上有小小的娃儿，每天也由着我们小娃娃们来看，没有比叫它"娃娃书"更贴切的了。后来，读了更多的书，不仅知道它真名叫小人书，而且知道它还有个学名，叫"连环画"。当然，叫它"连环画"或者"小人书"我们是都不习惯的，就像村子里的伙伴都嚷小名"小狗""铁蛋"似的，多么亲切呀。

　　我的第一本小人书是在放学路上捡到的《鸡毛信》。没皮儿，前后的好多页码都掉了，大概只有20页吧。我捡起就读，嘿，还真来劲了，坐在地上，倒忘记了回家。

这样，我开始迷上了小人书。班上有个叫建新的同学，他妈妈是村里的赤脚医生，便常常给他买小人书。于是，我就想着法子和建新靠近，先是在一块做作业，然后再向他借小人书看。终于，工夫不负有心人，我和他倒真成了好朋友。他将他家里的小人书柜子全搬了出来，真让我大开眼界，居然有20多本。就这样，每天一放学，我不是先回自己家，而是先去他家。当然成了他朋友的我是不用再帮他做作业了的，如饥似渴地拿起了他柜子里的小人书。才一个星期，20多本小人书全部看完。《丁丁历险记》、《长坂坡》《秦琼卖马》就是在他家看的。每天看了，回到家对着家里的两个弟弟又是一阵炫耀，然后有板有眼地给他们讲起这些故事。

真正让我大开眼界，是我有一次上街逛书摊之时。书摊是镇上文化馆的书摊，书摊上摆放着好多本小人书，真让我目不暇接了。一问，知道可以买，也可以租。想买是不可能的，我的口袋里只有6分钱。租倒是可以，1分钱可以看两本，当然得坐在那儿看。我掏出2分钱，一下子租了四本。不一会就看完了，剩下的钱我不敢再租了，因为我还得去买一支铅笔。那租着看的四本小人书我现在忘了名儿，但有另一本小人书的名儿——《桃园结义》我倒还记得。我一开始租书看时就瞄上了这本小人书，正好我还书时瘦瘦的摊主没大在意，我顺手"哧溜"一下书就进了我的袖管。我也不知道哪里竟有了这么大的胆儿。一离开书摊不过几十米，我立马撒腿就跑，也顾不得买铅笔了。看看没人追来，我从袖管里掏出了胜利果实，就在马路边蹲下，津津有味地看了起来。才看到"刘备"出场，一个声音叫醒了我："小子，看你往哪儿跑，还真是你给顺手牵羊了哩。"我猛一抬头，正是那个瘦瘦的摊主。我心想一定会遭到一顿打骂了。结果，那瘦瘦的摊主说了句话："小子，爱看书是好事，但不能偷呀。这书你喜欢的话就买下吧，定价9分钱，你给我4分就行。小子，要读书得先学做人哪。"我慌忙从内衣口袋摸出了剩下的4分钱，交给了他。然后，又没头没脑地跑了起来，真像是偷了人家的书一样。

《桃园结义》是我真正拥有的第一本小人书，它也让我记住了那瘦瘦摊主的那一句话——读书，得先学做人。我不可能再去偷小人书了。我在房前屋后栽种了不少的蓖麻，悉心照料，居然可以卖些钱。这样，为我购买小人书奠定了强有力的经济基础。同时，我也用我的小人书与建新他们交换，交换的结果大多是我胜出。小学毕业的时候，我就拥有200多本小人书了。我没有书柜，腾出了我唯一的衣柜，将我心爱的小人书小心翼翼地放了进去。然后一一编号，供人借阅。前来借阅者有村子的小伙伴，居然还有成年的叔伯们。不管是谁，我都约法三章：不得转借，不得损坏，按时归还。凡是违"法"者，不再借阅。

后来，我上了初中，觉得自己长大了，学习任务也重了，在我将我的小人书编号到368号时，我将"所有权"移交给了读小学的弟弟。等到我读高中，我听到我的小人书只剩下200多本时，马上又将"所有权"收了回来，将剩下的200多本小人书放进了一个小小的专用书柜里，封存了起来，搁在了老家的楼上。

工作的间隙，我曾带着女儿逛书店，却极少看到小人书，看到的是装帧更加精美的卡通图书。摸着硬硬的卡通纸片，我竟然有了一种失落感。小人书，是影响我一生的精神食粮。在小人书里，我认识了关羽、宋江，认识了邱少云、黄继光，认识了孙悟空、福尔摩斯；小人书里，我懂得了什么是丑什么是美，我能从一个人的画像看出这个人是奸是忠；小人书里，我吸收到了中华传统文化的精华，让我早早地接触到了文学，走上文学的道路。

看着正津津有味地翻着卡通画册的女儿，我问："你想看小人书吗？"

"什么是小人书呀？"女儿反问道。

我的心里，如翻倒了五味瓶一般。我的脑海里浮起一幅若干年后关于我的画面：一个鹤发童颜的老者，双手捧着一本小人书，正津津有味地翻读着，翻读着那些魂牵梦绕的岁月……

我的幸福我的家

我最先想起我的爷爷，白白的长胡须，长长的旱烟杆，慈祥和蔼的面容，深邃智慧的双眼。印象中，爷爷牵着他的两个孙子——我和小我不到两岁的二弟——慢慢悠悠地走着，时不时地，我们跳着摸摸爷爷的长胡须，他的胡须就抖一抖；或者拉拉他的长烟杆，他的烟杆里就冒出一个一个的烟圈。就有歌儿从我们爷孙三人后面传出：

有一个老头八十八，

烟杆子长到电排闸；

肚里的故事多如麻，

一天引两个小孙伢。

爷爷的好多故事是父亲讲给我听的。爷爷是个有名的裁缝，常被人请到家里去做新衣裳。做裁缝的爷爷看过很多的古书，他的肚子里有说不完的历史故事，以至于我后来认为，有学识的秀才大概都是做过裁缝的，或者说裁缝都得先是秀才。队里很多人聚集在一起的时候，就让爷爷讲故事。我那时还年幼的父亲也挤在里头，吵闹着。队里的人担心听不成故事，就拿了队里仅有的报纸塞给父亲，让父亲快走。父亲得了报纸就走；以后又有人想听爷爷讲故事的时候，父亲故伎重演，照样会得到一般小孩子难以得到的一张张报纸。这样，几年下来，爷爷的故事是越讲越好，父亲的报纸是越攒越多。父亲拿了报纸就会细心地看，这在当时，却是最好的学习机会。父亲后来做宣传员，做教师，做校长，做村支书，能写会说，这报纸，怕是为他奠定了最好的基础了。

家中喂了条狗，爷爷给它取名"招财"，我不懂这名字是什么意思，但只要我一唤"招财"，狗儿就跟着我来了，对着我不停地摇头摆尾。这狗，是我们家最忠实的朋友。陌生人在路上走倒是没什么，只要一转弯想进我们家门，招财就会拼命地叫起来。那年代里小偷多，其实也就是村子里不三不四的那些人，他们对我们家中的这条狗恨之入骨。曾有几次，有人在我家门前投毒，想要毒死这条狗，都没有成功。但不知是哪个坏心肝的知道，这招财是吃我家猪槽里的剩食的，就将毒放进肉包子，半夜时投进了我家的猪槽。第二天，狗就去世了。我们家为这位忠实朋友的离去很是悲伤，将它埋在了屋后的一棵大树下。以后，我们家没再养狗。

1976年，才三岁的我也知道了什么叫作悲伤。村子里满眼是花圈，满耳是哭声。后来我真正有记忆的时候，回想这场景，原来是毛主席逝世了。我不知道我哭了没有，大约是哭了的。但我肯定是哭过了的，因为不久后最疼爱我的奶奶也去世了。奶奶只有父亲一个儿子，我是家里的长孙，奶奶就格外疼我。听说，我一岁左右的时候，大多是奶奶抱着——哪里是抱着，分明是衔在嘴里一般——她一听到我的哭声，就忙着抱起来。奶奶的胳膊常疼，应该是抱我的原因。我好尿床，她便将摇篮放在了她的床上，好随时更换尿布。我也喜欢吃糖，一下子可以吃好多颗，奶奶怕我吃多了糖不好，每过一会才拿出一颗来逗我："看，小老鼠又拖了一颗糖来了。"带给我一阵又一阵的惊喜。

奶奶去世时，三岁多的我号啕大哭。给奶奶送葬时，我清楚地记得坐在装了她尸身的棺木上。这叫坐棺，是作为孙辈为祖辈送葬最好的欢送形式。周围全部是着了白孝衣的亲人。过了两三年，爷爷也去世了；我是无法留住他的，我却总记得他白白的胡须和长长的烟杆。

我家的房屋比较矮小，旧时农村的小二间屋。堂屋的门有点变形，门是由几块不成形状的木板合成，有很大很大的裂缝。两扇门总是敞开着，像个人张着口，总合不拢的样子。堂屋的横梁上，搁放着一些农具，比如犁耙、手摇水车，我记得还有蓑衣和斗笠。那蓑衣，是我读了柳宗元的《江雪》"孤舟蓑笠翁，独钓寒江雪"时才真正有印象的；总以为钓鱼时才用得上这个东西的。听父亲讲，房梁上曾经有过很粗的一条蛇，长长的，但并不吓人。那是家蛇，它能给家里的人带来福气和好运，更不会伤及家里的人。我想，我能读书走出家门，是和那条蛇有关的。

下雨的时候，常常是，外边下大雨，屋里下小雨。母亲就拿了家里的盆子桶子到处跑着安放，接住从屋顶漏下来的雨水。父亲有张书桌，也漏雨，那正是归有光所谓"雨泽下注；每移案，顾视无可置者"的惨状。我们睡的床上也逃不过劫难，母亲就在蚊帐顶上蒙了层厚厚的塑料纸，这样才勉强安逸了。

屋子的前方是块空地，算做是禾场。不大，也算是我们玩耍的场子。靠前方有棵椿树，直直的树干，几乎没有斜枝。那叶子，有股清香。小小的树洞里，常常会有清亮的液体溢出，也有淡淡的清香。这椿树，父亲不止一次地告诉我说是棵吉祥之树。爷爷曾收留过一个过路的老人，这话就是那老人说的。老人对爷爷说："你是独子，但你会多孙，你的家庭一定会很兴旺的。"这话，真是灵验了。紧靠着椿树，是最早的猪屋。猪屋前有个大大的石磙。我三四岁能爬上石磙时，猪屋里没有养猪了。就有那么一次，我尽力地向那石磙上爬，才爬上，就"哎哟"一声摔了下来，原来我让猪屋上安放的杂物刺在了脸上，居然不深。后来我照相时发觉自己只有一个酒窝，我就疑心这仅有的一个酒窝是不是那杂物刺成的。要真是的，我宁愿再刺一次哩。

屋子右边有间房，不宽，但放置了两张床。前张床我在上面睡过，后来三弟1981年出生了，表姐红萍来看护他时她和我一起也在这张床上睡过，一人睡一头，但也还是在厌上打过架，参与打架的还有只小我一岁多的二弟。打架也只是闹着玩儿的，父母的一声责备我们就会停下来。后面一张床上是父母睡的，床前有踏板，人踩着踏板才能上到床上去。我就很羡慕有踏板的床，曾想着将那踏板移到我们的床前，但我搬不动，只得作罢。床后有坛坛罐罐，是用来装米或者腊月时做的饺子和糖块的。也有一口柜，装着父亲的一些书，那些书我是看不懂的，我也真羡慕父亲有那么多书；我更感兴趣的是那口柜里有个小盒子，盒子里一分、二分、五分的硬币，我想要偷着买点小吃的时候，就偷偷地去拿点钱，但我只能偷偷地拿，一次也只能拿一点点。即便只是拿一点点，也只有那么几次——也许是父亲有所察觉吧，他将那柜门用一把"守卫"牌的小锁给锁上了——我只能望锁兴叹了。

没能去买小吃，我就常常坐在堂屋门槛上等我的姑妈（我们叫她小伯伯，亲热一些）来。小伯伯隔上一月两月或者更短的时间就会来我们家一趟，来的时候她一定会买来冰糖，我和二弟就会欢天喜地地迎上去。于是隔上一段时间，我就会问父亲："小伯伯怎么还不来啊？"惹得大人们好一阵笑。

等到母亲的厨房里没有盐或者酱油瓶空了的时候，我们就高兴了。帮着母亲去买盐或酱油（有时也是帮父亲去打酒买烟）的时候，我们就会理所当然地得到点零钱。那点零钱，我和二弟有时是当场解决，买点小吃算了。但更多的时候我们会留着，等到真想吃的时候才去买。那时村子极少有卖小吃的小贩，想买小吃的时候，我和二弟就去村头的小卖部。小卖部有个秉焕爹，很凶的样子；我们去买东西的时候，他也很凶。有时，我们买了点东西就快快地跑，生怕他赶上来似的。我们买吃的东西，大多是冰糖，或者是一种叫作发饼的饼子。买了也不急着吃，常常是先把玩一阵子，我常常看弟弟开始吃了，我才解开我的冰糖。那冰糖纸，我们常常是慢慢地剥，生怕弄坏了纸，也怕弄坏了糖。除下纸来，先用舌头在纸上舔一下，果然是甜味，然后又是一阵舔。再将冰糖纸叠好，放进衣服口袋里——这冰糖纸也是我们最好的玩意儿。而冰糖进了口，也不急于吃，总是衔着，生怕口舌一动，冰糖化得快了，口中的甜味也就没了。如果买的是发饼，我们会慢慢地转着发饼，一小口一小口地咬，让那圆形的发饼由大圆变成小圆，直到最后变成圆点。当然，如果是穿心饼（中心是个空的），我就会想着法儿咬成个马儿的形状，或者是一弯新月的美姿。

也有小卖部关门的时候，贴出告示——今日盘存。那时的我真不知道"盘存"是什么意思，但知道一定是买不到东西的，便也只得怏怏而回。

母亲其实也常常为我们兄弟做吃的。腊月里，她会和父亲一道，将面粉调匀，用粗短的擀面杖将面团压成薄薄的面皮，用刀划成小块小块的，在面皮中央用刀切个眼，将面皮一端的两角穿过小眼，就成了饺子，放进油锅里，一会，香喷喷的，让我们兄弟垂涎欲滴。父亲有事不在家时，她就一个人来做，个子不高的她常常是用小凳搭了台才能使力擀面的，现在我还能记得她那使力的样子，很吃力却满脸的幸福。她也会用炒米熬炒米糖。甜甜的，甜到心里。夏天，她也想着做发糕或者馍馍，有时还让我和二弟去河边取了鲜嫩的荷叶来包着蒸，因为这样就更加芳香。母亲做成的发糕或者馍馍样式不大好看，但是很好吃。

老屋的左侧还有间小房，是后来扩建的。四壁是用黄泥糊在草把上的；有泥块脱落的地方就露出了枯黄的草，像个鸟窝似的。冬天冷的时候，呼呼作响，那风，就像直灌进了我们的脖颈。

屋子有个小小的后门，说它小，大概仅能容一人通过，高不过一米五，但这小小的后门有个我特别喜欢的门槛。这个门槛是块大大厚厚的一整块青石板。夏日里，狗也被热得吐出舌头的时候，我就睡在那清凉的石板上，仿佛浸泡在凉水中一般。但是，每次只不过一会儿，母亲就会对我大叫："不要睡了吧，睡石板上是会得病的。"慌得我连忙起来。

正后门有棵枣树，我常望着它发呆，怎么就不结枣子呢？枣树后是两棵柚子树，我见过它结柚子的样子，像个挂满了手榴弹的英雄。没等柚子长熟，我，还有村子里的嘴馋的小子们，都会偷偷地敲下一两个来尝尝。才剖开那柚子，一股酸味扑鼻而来，太酸了！我也只是用嘴舔上几下，却也快要尿湿裤子的样子。后来等到成熟的时候来吃，仍然是酸，酸中多了丝丝的甜。多年后在小城里，妻子从集市上买了柚子来吃，仍然是股酸甜的味道；我才明白，原来城里人出钱买来吃的柚子，是怎么也比不上我老屋后院里长出的柚子的。但好几年，那柚子树上结下的柚子却没有人吃，有的丢在猪圈里，哼哼叫的大肥猪也只是用嘴扒啦几下，不再理会。

柚树旁边是棵柿子树，柿子树也像个多产的母亲，每年会结上许多个柿子。柿子长大了，我会用竹篙将它拍下，然后藏进糠桶，用米糠严严地捂实，才过三两天，青青的柿子已变成黄色。我知道那是熟了，轻轻地撕开皮，满口地吞了进去，再慢慢吐核。

屋子后边有棵最高大的树，印象中应该是株柳树，枝叶丰茂。密密的枝叶间有两三个鸟巢，那是喜鹊的巢。每天早晨，我们总是被喜鹊的叫声唤醒。父亲总是说："不要打走它们啊，这是喜鹊，我们家会有接连不断的喜事的。"我和二弟便不再抱怨这鸟叫声，果然，1981年，我们的三弟出生了，真是我们家的大喜事啊。

屋后边更多的是杂树，我父亲也叫不出名字的树。还有各种各样的草，春天的时候，有的草会开出有红有白的花来。杂树林我是不敢去的，那里边有蛇，会咬人的蛇。杂树林边有母亲的一块菜地，种过萝卜种过土豆种过苕。我曾经跟着父亲母亲到过那块菜地。父亲使牛平整菜地，用耙耙地的时候，就放个小筐在耙上，将我放在筐里，增加些重量，我也就多了许多快乐。苕叶子长得正旺的时候，我曾经一个人去过那块地，用力地扯起苕蔓，但不见一个苕。我这才知道苕是深埋在地下的，得借助工具才能挖它出来。

那块菜地不久就荒芜了，原因是树阴太盛，长不出菜，再则邻家的竹子侵入了过来。我看着一节比一节高的竹子，问弟弟："你说那竹子算是我们家的吗？"

"当然啊，这是我们家的菜地。"二弟大声说。

我就更高兴了，就盼望着那些竹子快些长，长得更粗壮些，更多一些，因为，不用我们种，但在我们田地上的竹子全是我们家的。

最终的结果，竹子没能长得粗壮，也没有长到很多，因为树叶长得太茂盛了，不利于竹子的生长。我心里，便暗暗地怨恨那可恶的树来。望着那稀疏的几竿瘦竹，真个像那寄人篱下的林黛玉了；也许，只是郑板桥未能剃掉的几茎胡须罢了。

正屋曾经修葺过一次，时间大概是1978年。五六岁的我记得我的小伯伯（我小姑妈的丈夫，我们也管他叫"小伯伯"，这样称呼更亲热一些）带着他的徒弟们给我们家帮工。小伯伯是做木工手艺的，他能够用木头雕个龙头，让人拿去划龙船；他还可以打造各式各样的家具，在上面雕龙画凤。更惹人的是他是个幽默大师；他烟抽得多，咳嗽间隙里用几近沙哑的声音讲出的笑话，常逗得我们哈哈大笑。他领着他的徒弟帮着我们修房子，总是能听见他带着烟味却爽朗的笑声。

这次修补正屋，在正屋的右前方还修了个厨房。虽不大，但因是南北向，早晨却可以照到太阳。厨房有个很大的木窗子，使整个厨房非常明亮。冬天的早晨，呵出的气全是白色的雾一样，很冷。母亲早早地起床，为我们做早饭。阳光刚好透过打开的厨房门，照射在灶边，母亲的影子晃来晃去的时候，我们知道早饭快要熟了。我们没有了一丝的寒意，于是，我们懒洋洋地起床。母亲一面做着早饭，一面用她冻得红通通的手给我们兄弟找衣裳，时不时用手逗逗我们兄弟的小脸。每天的温暖就这样开始了。那时，母亲常常煮粥给我们吃；冬天的早晨，晒着暖阳，就着流油的咸鸭蛋，喝着热腾腾的粥，成为多年后我想要却永远也得不到的画面。

母亲的菜园常年有收获，我们的厨房就有了更多的快乐。偶尔，有小菜贩跑到村子里来，母亲也会买上点小菜，换换我们的口味。比如豆芽菜，和着小肉块煨，肉软软地，豆芽菜也软软地。当然，喜欢吃肉的我们兄弟常常会在众多的豆芽菜里用锐利的眼睛寻找肉片。整个厨房弥漫着香味，整个厨房传播着幸福。有时也买小鱼虾，或者豆腐。母亲做饭有个特点，总会多放点米；母亲炒菜也有个特点，就是会多放点盐。为这事儿，父亲和母亲还不止一次地争吵过。但长大的我终于明白，其实是我们不懂母亲的心。多放点米，肯定是希望他的儿子们吃饱啊；在那个菜肴并不是很多的年代，多放点盐，不正可以解决菜少的问题吗？

灶前有块堆柴禾的地方，我们叫渣窝。渣窝不大，但可以作为我们捉迷藏时最好的藏匿之所，还可以时不时地爬出一两只小动物来，比如老鼠，比如甲壳虫，它们都跑得很快。渣窝旁是猪屋。猪屋也是一室一院。室里有食槽，用整块青石凿成的食槽，不知喂养了多少头肥大的猪；那食槽现在也不知到哪里去了。一院，是指猪圈。猪圈没有用栅栏围住，猪呢，用皮绳穿着它的一只耳朵，另一端用铁圈连在一根长长的铁丝上。铁丝一端系在猪屋，另一端绑在不远处的一棵歪脖槐树上。这样，猪满可以自由活动，奔跑，大叫，但就是逃不出那没有围栏的猪圈。

1984年的时候，父亲花了八百元钱买下了村里小学的几间旧房子，突然决定拆掉家里的旧屋，修新房。那几间的旧房子，父亲主要是买下再修房子时能够用得上的砖瓦。新房全是砖瓦房，比先前的要宽敞明亮，三间，让村子里的人们好一阵羡慕。厨房并没有拆，只是让新屋和厨房完全连上了，成了个直角。那块大青石，依然是后门的门槛，但长大的我再没有在上面睡过。

新房子快要修好的时候，我的外婆也就快去世了。外婆来到了我们家，要过上两天，这叫"赐路"，大概是要死之人在临死前些天向亲人告别的一种风俗吧。外婆得的是甲状腺肿，脖子肿得老粗老粗，像吃了块什么不能消化的食物哽在喉咙里一样。但我们并不怕，外婆是我们喜爱的外婆。五六岁的时候，我常常在外婆家生活，一次就是十多天。我跟着我的表兄双喜、爱成一起玩。看爱成哥用扳罾（一种用细渔网捕鱼的工具）扳起一条条的鱼，看双喜哥用线系了蚯蚓去钓青蛙。表兄弟间也有打架的时候，这时，外婆就帮上了我，因为外婆更疼爱我，而且我还是个客伢儿哩。

那时三弟还没有出生。我们一家四口每年过年时常去外婆家给外婆拜年。只有三四岁时，我和二弟都曾先后坐在父亲的肩头，这叫"顶阿马架"，父亲就成了我们兄弟最温暖的交通工具。后来长大了，就不用"顶阿马架"了，我们自己走。没有车，我和二弟在前边跑，父亲母亲就在后边走。走的都是田野的小路，有时走的就是田埂。田埂我们也叫它"盖子"，我就想起生活用品（比如杯子、锅）也都有盖子，这生活用品的盖子也叫塌子。嘿，跑在最前边的我就常大声叫："你们走这边的塌子，我走那边的塌子。"谁知，这田埂是只能叫"盖子"不能叫"塌子"的，惹得父亲母亲哈哈大笑。

修好了房子，家里的条件大有改善。在新房子前，我们一家人还请人照过一张黑白合影，父亲母亲坐着藤椅，我们兄弟三个站着。母亲笑着，很是美丽。后来我曾将这张照片扩洗放大，挂在家里，我更觉得我的母亲美丽了。但幼小的我们兄弟那时是不懂得体谅父母的。母亲经营菜园，得围篱笆，一个人是不行的，得有人做帮手。我和二弟是能做的，但我们常常偷懒，一同逃跑。母亲便在后面追我们，当然是追不上的。往往，我们大笑，母亲也大笑起来。这真是一个生动的画面！父亲就不同了，他会用很高明的法术来"骗"我们。田地里需要农家肥，他就让我们用工具去捡拾鸡粪。但不是完全命令式，他说，你们捡来的鸡粪，一斤一分钱。我和二弟当然乐意去做了。再也不赖床了，天刚亮我们就拿了工具去捡拾鸡粪。一年下来，家里的农家肥有了，我和二弟的零食钱也就有了。秋天时得剥棉花，我们常常剥一会儿就变懒了。父亲说，我来给你们讲故事吧。我们的兴趣就又上来了。他讲薛仁贵薛丁山父子的忠心，更多的时候是讲三国故事。我们兄弟对三国的爱好从这里就开始了。

真正农忙的时候，我和二弟是不会跑的。我最喜欢放牛。那头名叫"小牯子"的牛我现在还记得它的样子，黑圆黑圆的大眼睛，两只大耳朵很有精神地竖立着；它很有脾气，常常是斗架的王者，但是从不对着我逞凶。"小牯子"吃草时，我可以静静地看着它吃草，可以自豪地踩了它的牛角坐上牛背看书。没有笛子，放牛时我居然学会了吹口琴。烧火做饭，我十来岁就会了；做虎皮青椒，煨土豆汤，煎茄子，是我的拿手好戏。我们也会下田，割谷收谷，帮着将谷子用板车拉回家。在父亲的教导下，我们还学会了扯秧、插秧，速度还不错。曾有些日子，天黑得深，蚊子也时不时地叮咬我们，但我们一声不吭，等着干完农活了，和父亲母亲一道回家。

但也有一件不如意的事儿，不知什么原因，我和二弟一同患上了黄胆肝炎，好在是急性的，好治，但每天也得上医院用药。上镇上的医院也有三四里路，父亲就用辆自行车，前面坐一个，后面驮一个。父子三人缓缓前进，偶尔还会传出歌声，似乎那根本不是上医院去看病，分明是一次旅行。给我们兄弟看病的医生名字我现在还记得，名叫苏海林，很是热情，医术也很高，长大的我后来专门上医院去偷偷看过他；看病的日子，我倒真想将来做个医生哩。

又过了几年，父亲觉得厨房在正屋前边不够宽敞了，就将厨房、猪屋一同移到了屋后边。砍掉了那棵不结枣的枣树，也先后砍掉了年年结果的柿子树和柚子树，当然，还有那棵高大的有两三个喜鹊窝的柳树。

只是那歪着脖子的槐树，依然歪着脖子站在我家门前。几十年了，依然枝繁叶茂……

我的村子我的爱

印象中，我家门前有两个大大的粪坑，是村子里集体做工时储存猪粪牛粪的大池子。我听父亲讲过关于集体做工时挑粪的笑话：

大冬天里挑粪，肯定得有人下到粪坑去舀粪，此项工作，冷、臭，而且繁忙，不像挑粪的人可以在中途随意停歇。大多数人是不愿做此事的。于是约定个方法：抓阄。抓到纸团上划的人就下粪坑舀粪。队里有个叫水哥的人，人们总是让他先抓，可奇怪的是他每次都会抓到划的纸团。人们就说："水哥，你机会真差，等明天的好机会吧。"他竟然不知道，其实每个纸团上都是划了的哩。

虽是笑话，但真是事实。那叫水哥的人我很小就认识，病恹恹的他像打机关枪一样，让老婆一气儿生下了五个女儿，直到第六个才是个儿子，就给这小子取了个名字叫"谢天"，那真是谢天谢地了。我就在想：是不是老天爷也在捉弄这样的本分人哪，让他想生儿子的愿望也如挑粪时抓阄一般！

粪坑旁是一长条猪舍，里面常常有肥肥胖胖的不时号叫几声的猪们。猪舍后边是一个大大的猪圈，用砖头砌了高高的墙，我曾经用砖头垫脚探出头去看，只看到一个大大的坑，一头猪也没有，大概是猪吃食的时间吧。猪舍里有间房子是粉房，专门做粉条的房子。管这猪舍和猪们的人叫二爹，我的家族里的一个祖辈。我很小时，他的年纪已经很大了，留着白色的八字须，有些矮胖，面相里很有些怕人。但我又知道，二爹是怕他家里的二奶奶的，好几次让二奶奶从家里骂了出来。二爹没有儿子，族里便将一个年岁最大的孙辈过继给了他做孙子。

在粉房里，我见过二爹将浸泡得又软又大的一粒粒豌豆变成粉条的过程。我觉得真是神奇，怎么方才是一颗颗的，一会就成了一长条一长条的了。粉房里有一口大锅，一个大锅盖，那口锅，装进一头大肥猪是没有问题的。

我家左边是个大房子，也算是个仓库吧。里面有大大的磨盘，我就疑惑，这磨盘怎么转得动呢？后来在书上知道驴子可以拉磨，但我们村里是没有驴的，那一定是用牛在拉磨了，我想。我一次也没见过是谁拉动了那大大的磨盘，但我见过在那大仓库里，大人们围着一团开会，叽叽喳喳的，一点也不守纪律。仓库外面常常写着很大的字，那是标语，比如"农业学大寨""毛主席万岁",一个字足足比一个人还大,红色的,还用白色的圆圈圈着。

再向前走,是大片大片的庄稼地。近的,是绿油油的水田,种着水稻,一阵风吹来,总让人闻到米饭的清香。远处,是旱地,种着大片大片的棉花,棉桃张开,就如一张又一张的笑脸,又如丰腴的少女露出她俊美的胳膊,雪白雪白的;寒冬时节,地里是青绿的麦苗,麦苗生长,麦苗里的小兔也在长大,等到有雪的时候,循着兔的脚印,一定是可以寻到三两只兔子的。

整片的庄稼是一幅多姿的水彩画,水彩画中央让人给抠了个小洞——这是供村里人吃水的池塘,我们也叫它"坑"。我小时候觉得坑很大,我更知道坑里有各色各样鲜美的鱼。腊月刚过,队里就有人开始张罗着捕鱼,不用网捕,却将水抽干——这种最原始的捕鱼方法叫"干坑"。水抽得将要见底时,就看见大大小小的鱼开始蹦跳起来,如一锅沸腾的开水,我们的心也跟着激动起来。就有大人们下去捡鱼,将鱼捡了丢进水桶,再一桶一桶地往队里的仓库里搬。见到有红鱼,大概是红鲤鱼,是我们最高兴的事,常常疑心是不是神话传说中的金鱼;那传奇的金鱼,也许是个婀娜多姿的美丽仙子,也许是个变化多端的魔术师。见过最大的鱼,足有一人多长,两个壮年汉子用扁担抬着,很吃力的样子;我们跟在后头走了好远。

坑里的水一年四季清澈,几乎见底。我后来读过"沧浪之水清兮,可以濯我缨"的句子,曾经就想,我们队里的这个坑,是不是沧浪之水哟。坑边有两个固定的埠头,成天有人在这里淘米、洗菜、洗衣、挑水,仿佛这坑是取之不尽用之不竭的宝藏。我常常跟着母亲来到坑边玩。没事的时候,我就蹲在水边,看那些小鱼儿自由自在游水的样子。我正在看那细若银针的小鱼儿是否有眼睛时,父母亲就会叫:"站远一点,不要掉下去了。"于是我就怏怏地退得很远。

年龄更大一点的时候,我就想着要捕鱼了。因为是公家的坑,所以我们是不敢公开捕捞的,小孩子也不例外。我常用的捕鱼方式有两种。一是用脸盆蒙了透明塑料纸来"盆中捉鱼"。塑料纸得留下个小洞，盆中放一些细米作为饵料，将盆沉放在坑里的浅水处。不到三五分钟，自然有嘴馋的小鱼儿从小洞里溜进盆里，再也逃不出去了。这当然是抓不到大点的鱼的，那就用鱼钩钓。钓鱼，并没有专用的钓竿。竿是竹篙做成的，线是尼龙绳，钩是用缝衣针弯曲而成（也有上街用一毛钱买来钓钩的时候），饵是蚯蚓（用红蚯蚓最好，大概是鱼儿最爱吃的食物吧）。居然，这样低级的装备也能钓到鱼，钓到尖嘴的刀子鱼，钓到大大小小的鲫鱼；甚至有一次钓到了只鳖，将它拉起的时候，钩也断了，鳖掉在了稻田里，最后稻田捉鳖，还是将它给捉住了，拿回家让母亲做成了酸菜鳖，好一顿享受！其实我们小孩子只是为"钓"，根本不为"鱼"——真是一种快乐。

夏日里，坑成了我们最好的乐园。没有大人的时候，哧溜一下就溜进了坑里，狗刨，仰游，无师自通。笑声，铺满了整个河面。夕阳西下，夜悄悄到来时，我们才恋恋不舍地上岸。

仓库再向左，是牛栏屋。那是队里所有的牛的寝宫。一长条房子，用粗粗的木头隔开着，一牛一间，以免牛们发生矛盾，动起肝火。但我就真看过两头牛动肝火干架，牛角对牛角，都很凶狠的样子。母亲赶忙将我抱得远远的。后来，有胆大的人点了火把，才将那斗架的牛劝散。牛栏屋里常有一堆又一堆的牛屎，好像牛们吃的牛屎也屙的牛屎，到处都是。但并不臭，我认为还有一股暗香。有好几次我皮肤过敏，身上起疹，母亲就说："快去牛栏屋站会儿，就好了。"我就去了，站上半小时，身上的风疹就不知跑哪儿去了。

牛栏屋旁边，有个大棚子，四周是敞开着的，顶上盖着瓦。棚子很大，足有篮球场大小。这是牛们乘凉的地方。耕作的牛们一完工，先是系在这棚子里的，送上草料，大快朵颐一番。使牛的叔子伯爷们，就点上支烟，随地而坐，开着我们小孩子们听不懂的玩笑。大棚子的最外边，挂着个大铃铛，这是队长专用的指挥棒。铃铛一敲，社员们上工；又一敲，就都回来吃饭。我们小孩子一直想敲，让大人们好生训斥了几回。棚子里有时会搁着一两只船，有人在修修补补，有太阳的日子，会给船涂上层厚厚的桐油。

棚子再往左走，是一禾场。大大的禾场有足球场那样大。我曾见过民兵们拿着枪，上了明晃晃的刺刀，在练习刺杀。我其实最想看的是有子弹的射击，但一次也没有；我倒见到好几次队长用脚狠狠地踢民兵的腿，说没有站直。

队里还有一个大仓库，用做粮仓的，在禾场旁。这个仓库有个小院。院门紧邻着禾场，不大，倒也有些气派。很小的时候，我们小伙伴常在院门口玩耍。记得有一天母亲让我穿了新衣跑出去玩，我就来到这院门口，向小朋友们炫耀我刚做的新衣。后来我记起，那一天是元旦节，母亲叫作"阳历年"。院门边是间小小的办公室，我猜想是队长和队里的记分员办公的地方，因为墙上的公布栏上常写有一些人的名字，名字后是大大小小的阿拉伯数字，那一定是公布的出工工分。好像还有间酱油房在旁边，有黑黑的豆子和黑黑的酱油。

那院门是木头做的，常有一把锁，不知是什么牌子的，比父亲锁柜门的"守卫"牌铁锁大得多。队里的诏明爹（大约是队长）拿着把大钥匙捅开那把大锁后，我们就可以跟着大人们进到院子里去了。院子两旁是两排房屋，没有锁，堆放着一些农具。我就曾看见诏珍爹扛着犁走出这个小院去田地里工上。诏珍爹个子很矮，很和蔼，口里有颗换掉了的银牙齿。他的小腿上，青筋暴出，很是惹人的眼。我常怀疑那暴出的是不是血管，要是破裂了，那还了得？

再往院子里头走才是仓库。仓库很大，但只是分作三间，中间一间足有两个教室大。屋顶很高，是队里最高的房子。屋顶高，储存的粮食也多。中间的那一大间是存稻谷的，两旁存小麦或者豌豆。我曾看见，中间的谷子堆得很高，像一座山，有大人们爬上爬下，忙着给一家一户按工分分谷子。我曾在一篇小说中读到分谷子的细节，家里孩子多，每次分谷子时，男人女人就穿着双大大的鞋去谷堆边走，走上一趟，鞋里的谷也满了，也够孩子们饱饱地吃上一顿了。但我从来没见穿大大鞋子的叔子伯爷。我也知道队里常常缺粮，好多户人家的男人女人到了下半年没有一顿饭是吃饱了的，他们总让给自家的孩子吃。腊月的时候，仓库里的谷子早就分了个精光，但这时的仓库也没闲着，队里的鱼塘起鱼了，人们将鱼运到了仓库，按工分分鱼。那一条条大鱼，是编了号的，一家一条，只不过得抓阄，抓到几号就得几号鱼。看来，村子里很多解决不了的问题都是抓阄解决的。大人们说自家孩子的运气好，每年都会让家中的孩子来抓。我也抓过几次，母亲高兴得跳了起来，说真是大鱼哩，过年时有碗好蒸鱼了；人家的母亲也都夸奖着自家的孩子运气好，都抓到了大鱼。后来回想，那哪抓的是大鱼，分明是一分又一份浓浓的母爱！

村头有家铁匠铺，师傅姓肖。铁匠铺里常年传出乒乒乓乓的打击声。我们常常看见肖师傅从红红的火炉里用铁钳夹了红红的铁块来，放在一个龟形的大铁块上，他挥动小锤，对面的徒弟挥动大锤，轮番对越来越暗的红铁块进行敲打。不一会儿，那红红的大铁块就变形了，成了弯弯的镰刀，或者长长的火剪。肖师傅的徒弟比我们大，但我们总是认得的；村子里多一个陌生人，小孩子总是最好奇的。他的徒弟出师后好多都没有打铁，有的做生意去了，有的找老婆，找了一个又一个。肖师傅呢，后来换成了电锤，就没有再找徒弟。打铁的时间比以前少，打牌的时间倒多了起来。

我们小孩子常去铁匠铺的原因，除了喜欢看打铁之外，还可以在他铺子外边的废渣里拣小铁条，拿在手上一玩就是半天。但我还是在那受过一次罪。一不小心，我的右脚踩在了一颗钉子上，钉子直直地插入我赤裸着的右脚跟，生生地疼。我哭了起来，小伙伴们也没有办法，只能眼睁睁地看着。钉子连着一根麻梗，我只得一小步一小步地将拖着麻梗的钉子挪回家后，才让父亲帮我拔下。现今，我的右脚跟上还留下了个黑黑的印记，算是贪玩留下的最好纪念吧。

我们常去铁匠铺更重要的原因是，肖师傅的母亲有个小摊，专门卖瓜子花生，夏天的时候一定会有冰棒。冰棒是我们最为嘴馋的，二分钱一支。但我的手中常常没有现钱；有几分钱的时候，都上小卖部去买冰糖或者饼子去了。想吃冰棒也有办法的。德珍奶奶（肖师傅的母亲，其实是他的养母）就对我们说："你们家鸡窝里有没有鸡蛋啊？"

"有！"我们都叫道。德珍奶奶就说："那你们拿鸡蛋来吧，一个鸡蛋我给你们两支、三支冰棒都成。"

果然给我们指明了吃冰棒的光明之路。时不时，我就会从家里的鸡窝拿走一个蛋，换取两三支冰棒。有时，我和二弟合伙来做，有时我单独行动；我想小我一岁多的二弟也肯定单独行动过。

母亲从地里回来，常常见少了鸡蛋，就骂那鸡："真不讲良心的鸡，吃了食不下蛋，明日不给你喂食了。"但食继续喂，蛋依旧少。终于出了事，二弟在家守候一只正在下蛋的鸡，鸡刚下蛋，二弟伸手便去抓那热乎乎的鸡蛋，父亲一手扭住了二弟的耳朵。从此以后，我们不再敢以鸡蛋换冰棒了。

隔着公路，学校对面是大队部，是村里唯一的二层建筑。大队部靠里有个大院子，是大队油厂。这种地方是极少让小孩子进去的。看守不严的时候，我们曾经偷偷地溜进去，看见好笨重的机器在榨油。那打油的榨，嘭，嘭，敲得巨响。一会就有黑黑的油流出，有圆圆的饼，从里面滚出。听人说那饼是热的话，是能吃的。我也曾经拿了放在口中慢慢地嚼，可是一点味道也没有。后来看见有人用碎了的饼喂牛，那牛，倒吃得津津有味。也见过有人修理机器，浑身黑不溜秋地，脸上像包公，只有两只眼睛在眨呀眨的。

大队部前有片杉树林，树下杂草丛生。杉树浑身是刺，胆小的我是不敢亲近的。杉树林边有几个坟墓，更增添了些恐怖气氛。但是，我常见队里大我两岁的新周哥进到树林里边去，有时也爬上树，掏鸟窝，取了幼鸟和鸟蛋来玩。那幼鸟浑身没有几根羽毛，冻得瑟瑟缩缩的样子，很是可怜。他给我玩时我也不敢去接，我担心那幼鸟会立刻死去。我曾拿过鸟蛋来玩，小心地在手心把玩，但还是掉了一个在地上，摔碎了，湿湿地一小片，有黄有白，像孩子拉肚子时屙下的稀屎。后来我发觉新周哥脸上长了小黑点，就知道了原因，有伙伴说因为他掏了雀窝，吃过鸟蛋，就长了雀斑。我又暗自庆幸，幸而我没有去掏鸟窝，不然，脸上也会长雀斑的啊。

我的快乐我做主

如今我逛商场时，常常看到属于孩子们的玩具，奇形怪状，种类繁多，让人目不暇接。布娃娃、电动小汽车、会飞的电动飞机、奥特曼、玩具电动车，那是我童年时没有见过的稀奇之物，有好多的玩具即便成年的我也不知道怎样去玩。

那些玩着玩具的孩子们，也并不见得是怎样地快乐。我曾熟识的一个小男孩，他的玩具堆了整整一大间房。我问他是否快乐，他一个劲儿地摇头。

我庆幸了，庆幸自己有过一个快乐的童年；虽然，那时的我几乎没有什么玩具。

我们那时剩下的只是快乐。

五六岁时，我能自由自在地奔跑时，我就跟在大我几岁的伙伴们的屁股后边，他们走到哪，我就跟到哪。有时他们走快了，我就小跑。他们厌烦了我，呵斥我让我回家，我总是恋恋不舍。队里有个友青哥，很会用弹弓打鸟雀，一弹一个，我们就跟在他身后，争先恐后地帮他提打下来的鸟雀，生怕他将不主动的人赶了回去。后来他有了火药枪，跟着他的人就更多了，因为他可以用火药枪打野兔野鸡，我们的好奇心就更浓了。

对机器，我们男孩总是更有好奇心的。队里的抽水房常常是我们玩耍的地方。一部柴油机，用皮带连了抽水机，轰隆隆地响一会儿就从井里抽出了水来。水，冰凉冰凉的，我们自由地洗起脚丫。有一天，村子里出现了手扶拖拉机，冒着黑烟，族里的松哥驾驶着，很神气的样子，我们就跟着拖拉机跑起来。跑来跑去，竟然有了二三十个孩子，居然还有几个长辈也在后头跟着。手扶拖拉机冒出柴油烟味，我真觉得是一种清香。多年以后，我还恋着这种烟味，有拖拉机走过，还时不时地凑拢去嗅上几下。

八九岁时，觉得自己能够找到快乐了，就不情愿跟在人家屁股后边了。年龄相仿的几个小伙伴，便常常聚在一块，把玩着属于自己的快乐。

白天，我们可以玩玻璃弹球，"打老虎"。在地上挖三个洞，一人一颗玻璃弹珠，看谁的弹珠最先进完三个洞，就成了"老虎"，"老虎"是可以"吃人"的——再次碰撞到谁的弹珠时，那个弹珠就成了"老虎"的胜利品。有小伙伴的衣袋常常破洞，大多是玻璃弹珠太重的原因造成的。

可以"跳房子"。在地上画成一个一个的小方格，就成了"房子"，再捡上一片瓦片或者一片瓷碗底，将它磨得圆溜溜的，这个小东西叫作"溜拜"。单脚站立，踢着"溜拜"向前进，看谁先到达终点就是胜利。"跳房子"的优胜者是可以有资格做"拖尾巴"的，"拖尾巴"可以帮不会"跳房子"的人来跳，直至让后进者跟上来。

可以滚铁环。用铁丝弯成个小圈，就成了铁环。再用一小截铁丝弯成"V"字形，连上麻梗做成的把手，推着那铁环在地上滚动行走。滚得时间长，那铁环不倒地，就会有伙伴羡慕。有时找不到铁丝，我就偷偷地撬下木桶上的铁箍，照样能行，而且比用铁丝做的铁环更好使。不过，之后得偷偷地将铁箍再还原，不然，就没有了下次。

还可以"玩国字"和"甩三筒"。用两张纸折成国字形的东西，我们就叫它"国字"。国字有正反，正面朝上放在地上，尽量少些缝隙严实一些，你再用你的国字用力地拍打地上的国字，如果拍翻了，那就成了你的胜利品。有时，我们连着好些天都在做这个游戏。父亲见了，说："赌什么呀，这样输赢有什么意义？我给你一本书，想要有多少纸就有多少纸。"但这些话并没有停止我们的国字游戏。后来我想想，这样成天地"玩国字"，不正锻炼了我们的臂力？也可以不用大力气来"玩国字"，几个人一起玩，每人出几个国字，谁最多谁先甩，在课桌上甩，如果谁甩成三堆，那就全部成为他的战利品了。这叫"甩三筒"。"玩国字"我没赢多少，但"甩三筒"我赢了不少，一个抽屉也难装下。队里的又华哥，至今都还欠我二百多张纸哩。也玩过"飞镖"，"镖"是用一张纸折成的三角形小东西，略微弯一点，朝天一飞，散在地上，然后用手扇，谁将"镖"给扇翻了就属于谁。

更简单的赌便是赌纸博。照样押单双，但我们下的是纸，一本正经的样子。也真正看过大人们的赌博。人挨人人挤人，挤进人缝里去看了几眼，桌上是满满的钱，有人用筷子将桌子分成两半，一边是单一边是双。赢了的人喜笑颜开，输了的人唉声叹气。

常常想唱歌，但是没有人来教。于是总是时不时地哼上几句歌，即使走调，也丝毫没有害羞之色。队里有个叔伯祖母，替我用竹筒竹叶做了个小乐器，能吹奏出悦耳的声音。人家管这小乐器叫"喇叭"，我听不大懂却叫它"哑巴"。我于是常常央着那叔伯祖母替我做，我不知怎么称呼那叔伯祖母，倒称呼她"哑巴奶奶"。后来长大了遇见她时，也呼她"哑巴奶奶"，好是亲热。

肚子饿了，我就会到厨房里去找吃的。家里常常有两三碗菜，干盐菜、柞胡椒和盐豌豆。我们拿了纸张，折成筒状，然后装了这些食物来吃，津津有味。逢年过节时，当然会有更好的食物了。端午节，会有族里新来的女婿送来油条包子；元宵节前后，母亲会做团子吃。但父亲母亲是不会让我们一下子吃很多的。我们也不会善罢甘休。等到父母出工做事去了，我和二弟会集体行动。有一次偷团子，团子放在厨房的梁上，我站在饭桌上也够不着，于是在饭桌上又加了个小板凳。等到用手够着梁，小板凳却翻了，我被悬空吊在了房梁上。我用手紧紧地抓着，慌忙让站在下边的二弟去找爷爷。一会，二弟将爷爷从菜园里找来，我才得以安全救下。团子没偷到，胆子倒吓破了。后来，这个故事也就成了笑料。

砌房子是我喜爱做的事儿。很小的时候就蹲在一旁，看瓦匠叔伯们将一块一块零散的砖头变成新房子。我就心想，我要是能砌墙多好啊。就找了个厚铁片当作砌墙的瓦刀，然后呢，在自家的屋后，选择一块还算平整的小空地，开始砌墙。砌墙得先和泥，我会在近旁挖个小坑，用小盆端来水，借助母亲用来锄草的锄头和泥。泥和好了，也还是得找砖头的。砖头在房前屋后都可以找到，只不过大多是半截的了；如果找得到整块的砖头，那会欣喜半天。开始砌房了，我的目标并不大，所砌成的房子只不过一个平方大小，高也不过一米多些。但我砌的房子也还讲究，有门，有窗，还能容人进去，当然最先进去的是我自己。最后，还得给房子盖上瓦。我用的椽子是麻梗，所以是承受不住真正的瓦的——那是家里农田里用过的塑料薄膜——再压上几个瓦片，以防让风吹走塑料薄膜。房子做好了，我就盼着下小雨。下小雨的时候，我就会到我的小屋子里避雨。那种心情，甭提多高兴了。但不知为什么，后来我也没能成为建筑师。

"树叶青，放风筝；树叶落，打陀螺。"春光明媚，春风拂面，我们会拿出自做的风筝出来，一路奔跑着将它放上蓝天。风筝并不是风筝，是用报纸折叠成蝌蚪样的小怪物，我们叫它"瓢伢子"。但这并不影响我们的心情。一阵奔跑之后，它总会飞上天的。我们就比赛，看谁的小怪物飞得高。虽然只有几个小朋友，那时也会成为欢乐的海洋。但我最喜欢打陀螺。我们的陀螺不是现在的小朋友在商场买的五光十色的玩意儿，我们的玩意儿只是用木头削成的——找个圆柱形的棒子，用锯子锯下一小段，再用刀慢慢地削尖。照样，陀螺拿出来时，抽上几下后，也要看谁的转的时间长。我总是担心我的会出丑，就不停地做陀螺。其实也还有个秘诀，就是在陀螺的尖部安放一颗小弹子，这样它的转速会提高许多倍。好多次放学后，我快速地做完作业，就到处找结实的木棒，开始削陀螺。削完一个了，总觉得不满意，于是又来削一个。父亲那时上课时，就常对不用功的学生说："你们看，我们家的小子，削的陀螺只怕有一箩筐了吧，他还是每天不停地在削哩……"这话儿我真不知道那时是在表扬我还是在批评我，但后来我在书上读到爱因斯坦小时候做小板凳的故事，心想，这和我做陀螺的事儿不是一样吗？后来我也没能成为爱因斯坦；我也永远不会成为爱因斯坦。只是我的陀螺，永远旋转在我的梦中。

小时候的我也有经济头脑。我不到十岁，但我专门种过两三年蓖麻，居然也有些经济效益。我小时候迷上了小人书，也叫"娃娃书"，学名叫连环画。但父母是很少给钱去买的，我只得自己想办法。我不知听谁说，蓖麻可以换钱，我就动了这个念头。春天的时候，在房子前后，只要是空地，我就会丢下一两颗蓖麻籽。然后，我就隔三差五地去看看，看它们发芽了没有，有时还给它们浇浇水。等到发了芽，我还得细细看看苗，如果有一处有几根苗的，我就将它们移开一点。长到一尺高的时候，就不用操心了。只用等到秋天时，蓖麻成熟，将蓖麻籽摘下。就是这摘蓖麻籽有点小麻烦，那蓖麻叶上有一种专门蜇人的小虫子，我们叫它杨辣子，绿绿的，潜伏在绿色的叶子中间，只要你一碰它，就会火辣辣地疼。我好几次被杨辣子蜇过，但是一想，摘下蓖麻就会有精彩的小人书了，也就觉得一点也不疼了。看过许多的小人书，我也会讲故事了。大我一点的炎垓叔曾在路边卖茶，我和他弟弟音垓叔是伙伴，就常去那玩，于是常在那讲隋唐英雄的故事，让他们兄弟好一阵歆羡。曾经，我的小人书积攒到三百多本，一一地编号，供伙伴们借阅。这成为了年少的我炫耀的资本，也成了我敲开文学大门的第一把钥匙。那些小人书，至今仍搁置在我老家的楼上。

乡下的夜晚，是我们小孩子们最热闹的时节。哪里有电影了，这种消息就会长了脚一样四处传开。我们早早地将家庭作业做完了，等着有大人或者大我们一些的哥哥姐姐带着我们去看电影。那时是我们最高兴的时候，到场了，人家先放加映片，是和农田有关的，我们也看得津津有味。然后大多是战斗片。不用说，我们都猜得出结果，肯定是我们的解放军打赢。也有不打仗的片子，总是提不起我们的兴趣。但有好几次，正放映精彩的战斗片《虎胆英雄》，一回头，我们看不到那些个带我们来的大哥哥大姐姐了，于是就到处找。好多时候就在田边地头找到他们，他们正成双成对地在说着话。我们就哭着说："有话平时在家不是可以说吗？非得看电影的时候说？让我们急死了。"大哥哥大姐姐们只是笑，说"你长大了就会有这样的话的"。有时，到地方了，却没有电影，于是就有人开始骂人，骂那些骗人的家伙。回来的路上，照样高高兴兴，要是有人问看了什么电影，就会有人答：干走白路小英雄。呵呵，白白地走了一遭，还真是小英雄哩。

冬闲的时候，有好多的村子会请人唱皮影戏。只要不远，我们也一定要去凑热闹的。皮影戏我们是看不大懂的，尤其是那哼哼咿咿地唱，像永远没有完的时候。只是有小丑出来的时候，那唱戏的人就叫一声"大小人来"，我们知道有好戏听了，这时候我们就竖起了耳朵，听个仔细，看那小丑怎样插科打诨，时不时地哈哈大笑。我们的兴趣在吃瓜子。只用五分钱，就是一大包瓜子。几个小朋友分着吃，也要吃上一大会儿。有时候也知道，今日演完了《薛仁贵征东》，明天会是《薛丁山征西》，那里面有个武艺高强的女英雄樊梨花。多年以后，皮影戏的情节一个也记不上了，倒还是记得那香香的瓜子。

在冬季，我们有一个固定节目是"放野火"。我们来到田野，来到河堤边，点一把火，烧得枯草"吱吱"作响，我们心里也乐开了。到了北风凛冽、雪花飘舞的时候，我们并不怕冷，在雪中堆雪人、打雪仗。雪化时，在屋檐下摘冰钩吃，手冻得红紫红紫的，却依旧笑呵呵的。

有哪家娶新娘子了，我们一定会成群地跑去看看，扒着窗户看。我们看着那新娘，我们不知道新娘是不是漂亮，但我们知道新娘子的床上是有小红包的，好几个伙伴就从新娘的床头摸到了红包，有二分的，有五分的，还有一角钱的。但我一次也没有摸到过。有牙齿缺了的伙伴，被他的母亲强行拉着进了新房，让新娘伸出手来摸他的牙床，他母亲就说，牙齿就要长了，牙齿就要长了。胆大的伙伴也同着大人们去接亲，走得老远老远地，腿酸了也不敢出声。

少有安静的时候，我们就在大人们中间，偎在父母身边，听他们说一些我们并不知道，也不懂的一些话。要是在夏夜，我们是可以点了火把，去水田里抓泥鳅的。在竹竿一端绑了密密的针，另一端用手拿着。夏夜的泥鳅是会出来透气的，用火把照着。再用绑了针的竹竿对着它用力地敲去，那滑滑的泥鳅，就钉在了针上。一个晚上，运气好的话，是可以抓上好几斤泥鳅的。

更多的时候是我们自己玩，尤其是有月亮的夜晚。有逗自己力气大的人，走到那笨重的石磙跟前，用双手从石磙的一头用力地掀起，赢得众人的一阵喝彩。要是伙伴不多，有月亮，刚好肚子又饿，我们就会商量着去偷瓜。瓜是金黄金黄的甜瓜，还有不太甜的一种绿皮瓜，我们叫它烧瓜。夏天的夜晚，那些成熟的瓜们就会散发出诱人的香味，很是刺激我们的鼻子。我们会找准目标，分派好任务，有人放哨，有人去摘，有人来背走，很有条理。也有伙伴主动说偷自家的，但很少。我们偷瓜，对象大多是选择那些对小孩子不大好的大人们的瓜。这算是一种报复吧。也有精明的主儿正守在瓜地里，见我们来了，将我们赶得到处乱跑。一旦将瓜偷到手，就会当场消化掉，平均分配。然后一边啃着没洗的瓜，一边唱起我们的歌儿：

> 下定决心去偷瓜，不怕牺牲钻篱笆；
>
> 排除万难偷到手，争取胜利跑到家。

后来上中学了，读到鲁迅先生的《社戏》，才知道先生跟我们一样，也有过这样看戏或者偷瓜的经历；我们也成了迅哥儿了。

我们会玩"过关"的游戏。就是一个人躬着身体，从最低变化到最高，由易到难分为一关、二关、三关、四关、五关。其他的人就从这个人的身体上蹦过，蹦不过者就换下这个人。我个子不高，但前四关我是常常过的，只是第五关，最难，我有好多次没能跳过。我们也玩"打腿架"，就是有人常说的"斗鸡"，分成两拨人，都单腿站立，同时向对方冲去，站不稳者，就判为失败。这个游戏我常是胜利者。我们还玩"丢手绢"游戏，但手绢是没有的，我们就用草把。众人围成一个圈，有人会丢一个草把在谁的后边，要是那人追不上，就得表演节目；要是没有节目，学两声狗叫也行。有时也会打架，这家的兄弟和那家的兄弟打起来。我和二弟就曾经同陈家的红光红耀打过架，但动手不重，算是打着玩的吧。我和二弟是极少同人打架的，但二弟在一天晚上还是被人打了。他也只有十来岁，被队里的水成（有十八岁）打了，说是我二弟打了他的弟弟。二弟被打得很重，腿也折断了，后来送到了县人民医院才治好。这件事是我记忆中永远的伤痛。

有月亮的晚上，我们一定会分成两班人，一班是解放军，一班是敌人，玩起打仗的游戏。是解放军的，总是会戴上用杨柳枝做成的帽子，不大一会儿，就会将敌人给活捉。没有月亮天很黑的时候，也有人瞎编一些鬼故事，讲着讲着，就有人怕起来了，吓得不敢回家。我和二弟是不怕的，我们的母亲在天黑不久就会在村子里大声喊着我们兄弟二人回家睡觉："金虎、银虎（我和二弟的乳名），快回来睡觉啊……"一声一声，在村子里回荡。那声音，应该是让孩子们回家睡觉的标志。

现在，我不知道我的二弟是否还能听到母亲的这声音。我是能听到的。多少次在梦中，我的母亲在喊着我们："金虎、银虎，快回来睡觉啊……"这声音，是我生命中永远的幸福。

第三辑

短篇颉珠

老师您好

一

刘夏礼从学生寝室往家里赶的时候已经是晚上10点45分，他依旧习惯性地抬了抬手腕，用眼睛瞟了一下腕上那块"上海"表，其实他不看也是能猜到这时候的时间的。每天，只要有学生在校，他都会到学生寝室去查寝，让学生睡安稳后才回家。学生放假了，他还有些不习惯呢。一切都已经习惯了嘀，刘夏礼在心里闪出一句话。是的啊，打刘夏礼20年前师范毕业分配到这利沙三中担任班主任到现在，他几乎每天都在走着这条路。这条路，走了刘老师的半个人生。路并不长，路灯却熄了，刘夏礼深一脚浅一脚地走着；学生们已经入睡，整个校园倒是格外的寂静。偶尔有人影从身旁晃过，不打招呼，刘夏礼也知道是才查学生寝室回宿舍的老师。

刘夏礼轻轻地用钥匙打开门，妻子李江红仍然被惊醒了。他和她没有说话，常常，他们是用眼神来交流的。李江红在一家工厂上班，应该很累了，他想让她好好休息。他总觉得他欠这个家庭的太多，家务总是让妻子包揽着，自己也少有和她谈心的时候。他给了她一个带着歉意的笑，便去隔壁房间看儿子刘奇去了。刘奇今年就要参加高考了，不知他最近的学习有点上进没有。推开门，儿子还没有睡，手中拿着封信，却显得有点慌乱。他夺过儿子手中的信，没有细看，因为他知道应该是那个叫馨的女孩写来的。前几天，有老师还和刘夏礼开过玩笑，说刘奇高考还没考，媳妇倒找了一个。他把信又还给了儿子，不是因为他不能看这封信，而是他觉得他是愧对儿子的。自己只是想着教育好人家的孩子，却把自己的儿子没有教育好。他真是恨铁不成钢，准备再和儿子仔细谈谈。毕竟离高考也只有两个月了，千万不能影响儿子的高考呀。

咚咚咚咚，传来了敲门声，很是激烈。

刘夏礼赶快开门。"刘老师，祝兵从上铺摔下来摔得头破血流了。"是班上的两个学生，气喘吁吁的。

刘夏礼赶紧套了件夹衣，和两个学生拼命向学生寝室跑去。学生寝室前已经有点吵闹了，两个学生抱着祝兵，不知所措地等着他们的刘老师到来。刘夏礼赶紧接过祝兵，他想抱着他去医院。一抱，才知道祝兵是这样的沉，人家也是半大小伙了哩。他抱着走了几步，发觉自己已是汗流浃背，不由得又开始咳嗽起来。这是他多年的一个老毛病，一发热流汗就咳嗽起来，而且有时还伴着咽喉的疼痛。这应该算是作为教师的职业病吧，他心想。同办公室的不少老师还有颈椎炎、肩周炎什么系列炎呢，我幸运多了，刘夏礼从心里闪过一丝阿Q式的安慰。

他赶紧让学生王波抱住祝兵的腿，他只抱着头和腰，这样他感觉轻松多了，同时他叫过两名学生，让他们连夜去通知祝兵的家长。走出校门，刘夏礼叫过一辆出租车，他觉得应该叫出租车，早点到医院祝兵就会早点得到医治呀。平常出门他是不叫出租车的，要么骑自行车，再就是挤公共汽车，毕竟，还是节约一点啊。

刘夏礼和王波赶到市人民医院时已是凌晨，医院的门仍然敞开，像一张饥饿的嘴张着。医院值班室有人趴在办公桌上打盹。是该睡觉的黄金时间了。刘夏礼把祝兵躺放在长椅了，让王波搀着。他走过去推了推打盹的医生，小心地说："医生，我们有病号。"那人没动，他又用力推了推，那人才揉着眼说："什么事呀？"

"喏，我们有病号。"刘夏礼指了指祝兵。揉着眼的医生走了过来，又揉了揉祝兵的头，说："流了不少血吧，我先包扎一下，然后得住院观察，你们先去暂交1500元的预付医药费吧。"

刘夏礼这时候才想到上医院是得带钱的，而且得多带些钱。他摸了摸口袋，还好，昨天领的3月份工资还在衣袋里，是1232元6角。今天是5月19日，其实有不少老师就把它叫作3月79号，因为才领到的是3月的工资呀。翘首盼来的工资也不全，七项工资只发了四项，而且只发了93%，这个月还扣了50元，听说是修路集资，老师们也弄不大清楚，因为几乎每月都会扣掉工资，而且扣的名目繁多，什么修路集资、办水厂集资、防汛费、修碑苑集资，扣掉的部分也从来没有发票。去年，市里还为我们每人订了一份《利沙报》，订报款直接从工资中扣去了呢。说回来，我们的工资只迟了2个月，管它多少，只要有就行，不少山区教师一年到头也领不到钱呢。刘老师总是这样安慰自己。

"医生，先垫付1200元钱行吗？明早我们会按规定交钱的。"刘夏礼用哀求的语气说道。医生不情愿地点了点头，然后和结算室交涉了一下。

祝兵摔下时是头先着地，摔得挺重的，耳朵内也有流血的症状。医院对他进行CT检查之后，用了些药，开始打点滴。病房里另有一张床，刘老师便和王波挤在上面。王波一会儿就睡着了，刘夏礼怎么也睡不着。他想干脆不睡吧，好照顾祝兵，借机构思一篇教学论文吧，马上又要开始评职称了，得要有获奖论文哩。他想到了一个论题：文学教育与学生语文学习。这是他常想研究的一个论题，学生的语文学习能否借助文学教育来完成呢？大量地阅读文学作品，并深入地指导学生进行文学作品创作，只要得法，学生学习语文的难题焉能不迎刃而解？

凌晨5点的时候，刘夏礼想起今天星期五，班里是语文朝读还得去辅导学生。正好祝兵的父亲从乡下赶来了，刘夏礼便匆匆交代了几句，和王波一路晨跑，跑回学校上朝读去了。

二

刘夏礼正趴在办公桌上睡得正香时，学校的室内广播响了：通知，请全体教职工赶到会议室开会，任何人不得缺席。

"任何人不得缺席"，看来，这次会议很重要。刘老师给市人民医院打个电话问了下祝兵的病情后，赶到会议室的时候，教师们快到齐了。主席台上除了学校王校长外，市教育局分管人事的杨副局长也来了。主席台前挂出了横幅：教育综合改革动员大会。

难怪！刘夏礼心里说。说"教育改革"这话说很久了，像说"狼来了"一样，这回可真的来了。

杨局长的讲话掷地有声："这次利沙市是全省的教育改革试点县市，我们一定按改革精神把利沙三中的教育改革工作做好。"学校王校长具体阐述了教育改革的意义并在大会上宣读了改革实施方案。改革要求全面实施教职员工优先聘用制，教职工中有可能出现待岗、落岗。落岗三年，市财政局、教育局为你办理社会养老保险之后，要求你离职。

我大概不会落岗吧，要是我落岗了，我还能做什么事呀！刘夏礼在心里问自己。教师们也议论纷纷，不少人提出自己的看法，质疑这样的改革是否具有可行性。

正在这时，会议室门外吵得更凶。一个青年人骂骂咧咧地要找周文鹏。周文鹏是学校的一个年轻教师，说年轻也不年轻了，30多岁的人了，却没有女朋友，谈过至少一打，但谈一个吹一个，家中60多岁的老母亲为他的婚事急瞎了眼。

"你找周文鹏做什么？"政教处张主任迎了上去问。

"我家小弟在他班上读书，他上午打了我家小弟，脸都打青了，当老师的能体罚学生吗？"

"周老师真的体罚了你家小弟？我们学校来调查。你回过来想想，他如果真的略微打了你家小弟，也是为你弟读书好呀……"张主任只得想方设法打圆场。

老师们也围上来说上几句好话，青年人好不容易才离开了会议室。发生这样一场闹剧，杨副局长脸色很不不好看，王校长只得要求大家安静，说道："我们老师要时刻加强师德师风修养，不要体罚学生嘛。今天的事我们要认真调查，调查后向市教育局报告。"

三

老师们回到办公室，如炸开了锅一般发表自己的意见，更多是发泄自己的牢骚情绪。

"这教育改革侵犯了教师的权利吧，应该是违反了《教师法》。"

"为什么上岗教师比那些机关老爷的工资领得少？"

"老子们都来搞家教赚钱，管它规定不规定。"

"就是体罚有时也要一点的，不然你怎么管学生？"

…………

刘夏礼默不作声，只是听着同事们的牢骚话。听着，有时他也觉得是一种享受。他也发牢骚，但他不是用口说出来，而是用笔——写成小说，居然也在文学刊物发表了十多篇了。

叮——上课了，沸腾的油锅里如倒了瓢凉水一般，风平浪静，老师们夹着备课本依旧走进自己的班级开始上课，仿佛刚才什么也没有发生，什么也没有说过一样，讲课时照样神采飞扬，没有一点情绪。没有课的老师开始准备资料，迎接利沙三中的教育改革的到来。

刘夏礼这节课没课，也开始准备教育改革的资料。资料中包括各级表彰荣誉证书、年度考核优秀证书、教育教学论文发表及获奖证书，这都是要按级别高低打分的。另外还得加上每人一节公开课的积分。我的证书也还有几个，分值应该居中游吧，至于公开课，我相信我不会比别人差。刘夏礼心想。其实他担心的是他的初中同学吴仁，当兵后转业到利沙三中教书，要证书没证书，教的科目又是地理学科，他下岗的可能性大呢。他要是下岗了，他家中还有年迈的老母亲、多病的妻子、待业在家的儿子女儿，都靠他一个人的工资支撑着。唉！

四

晚上9点，刘夏礼正在批改学生作文，他明天的公开课准备上一节作文辅导课。这是一篇写"我"的作文，这样的作文刘老师特别喜欢看，因为作文中本来就洋溢着学生最真挚的情感。忽然，一篇作文有一段话不得不令他停住了笔：……一个十三岁的女孩子就失去了母爱，而她的父亲又时刻地沉湎于麻将之中，她还有一个多病的奶奶，可她却连一个知心朋友也没有，这就是年少的我！

不用翻看姓名，看字迹刘老师就知道是姜娟的作文，他以前只听说她妈妈因病去世了，没想到在她未成熟的心灵上竟套上了一副沉重的枷锁。刘夏礼想着明天一定去姜娟家一趟，劝劝她父亲，同时安排几个女生有意与她交往，让她的性格开朗些。刘夏礼深深地懂得：教师不是教书匠，教师不只是教书，他的落脚点更重要的在于育人。他提起笔，写下评语：……卸下你沉重的心灵枷锁吧，天空中没有驱不散的乌云！

刘夏礼乐于和学生谈心，不仅用口说，还善于用笔写。他要求学生有问题，不管学习上或生活上的问题，可以写字条夹在作文本中，这样学生不好开口的秘密，学生难以解决的问题到了刘老师这儿也就迎刃而解了。当然，也有调皮鬼出题考老师的，那次黄兴写了段英语，后又请刘夏礼对对联，差点儿把刘老师给难住了呢。

刘夏礼更喜欢和学生"玩"。课堂上曾和学生一块写同题作文，也一块做过考试试卷。课外他常常是班上篮球队、足球队的主力，当然更积极组织学生乒乓球赛、文艺晚会。今年的元旦晚会，他搬来了家中的全套音响给学生们使用，自己也献上了一曲《涛声依旧》，学生兴奋不已，掌声经久不息。并且，他用磁带录音录下了整个晚会的节目，说要留作永久的纪念呢。

刘夏礼深深地爱着他的教育事业，因为爱，他有时真是不能自拔。他的不少大学同学或投身商海赚了大钱，或跻身政界掌握了大权，有同学劝他不要教书，他会更有前途，他一一谢绝。他并不感到遗憾，他唯一感到愧疚的就是他觉得对不住自己的妻子儿子，可是，又有什么办法呢？

五

利沙三中的教育综合改革如火如荼地进行着。又是一个学期，学校的公布栏上，贴出了学校教育改革第一号公示。老师们围着公布栏看着公示内容，依旧说着牢骚话。

"刘老师，找你点事。"是一个中年人的声音。刘夏礼转过头，似曾相识，忙从人堆里挤了出来。

"我是祝兵的父亲呀，您垫付的1200元医药费上次还了800元，这是400元，今天还给您，真谢谢您。"

"好的，没什么。"刘老师忙说。他又一眼向公布栏扫射过去，没错，是老同学吴仁下岗了，他的心中泛起一缕悲伤，不该发生的事终于发生了。

"周文鹏的处分也下来了呢。"政教处张主任说，"还好，打了学生两耳光，只落了个警告处分。"

"刘夏礼老师，"是校长办公室郭主任的声音，"你申报高级职称的表被退了回来，原因是你的计算机等级证、普通话合格证所达等级不够标准，再去学习学习，看明年吧。"

"这做老师呀，一生不知要填多少表格，经历多少考试、培训。不就是要计算机、普通话合格吗？每项交300元给教师培训学校，即使人不去，也可以领一个高等级的证书回来的，到时候再来申报吧。"刘夏礼无可奈何地说道。这件事其实他并不烦，他真正烦的是他的儿子刘奇，刘奇高考名落孙山，而今还是成天迷恋网吧。一边是自己亲手教出来的优秀学生，一边是难以教化的儿子。这莫不是我作为一个老师的悲哀？刘夏礼深深地叹了一口气。

语文老师

林高远踩着上课铃声走进初三（5）班教室的时候，他看见教室后排多了些人，随着班长清脆的"起立"声，他瞟到教室后排有学校的白校长、钱主任、语文组王夫之组长，还有几个语文老师。林高远这才想起这一节课是学校安排的一节公开课。学校要从公开课教得好的语文教师中挑选一名参加市里的教学比武。公开课就公开课呗，没什么大不了的，虽说只有六七年教龄，我林高远也是久经沙场的老将呢。该怎么教就怎么教吧，教育部部长来听课我也这么教。这样的念头从林高远的心中闪出。

今天我们一起学习女作家叶文玲的散文《我的"长生果"》。林高远直入课题。其实他心里有数。对于这类抒情散文他有自己的教法。大致的思路是：品读文之"美"，试写"美"之文。这篇课文昨天三（1）班刘敏老师上过，她的课堂设计是王夫之组长指导设计的，大致是让学生按叶文玲写作的经历来给全文分层次，然后让学生说自己的感受。林高远不管别人怎么设计，他不会去模仿。也根本不至于，他是师院中文系毕业的高才生呢。他的第一大块，让学生通读全文，再熟记雅词，细品丽句；第二大块，让学生用雅词造句，进行丽句仿写，再试写美文。学生气氛活跃，积极投入。文中有这样一个句子：在记忆的心扉中，少年时代的读书生活恰似一幅流光溢彩的画页，也似一阕跳跃着欢乐音符的乐章。语文成绩不大好的张文仿写道：在想象的望远镜里，我憧憬的青年生活恰似一个五彩斑斓的万花筒，也似一支激动人心充满活力的进行曲。当即赢得大家一片掌声。

学校教导处办公室，学校领导正在确定参加全市语文教学比武的教师名单。

林高远老师的这堂课是一节什么课？不大像语文课的样子了呢。学生闹哄哄的，叽叽喳喳。我认为刘敏老师的那节课不错。刘敏老师能抓住字词，抓住课文主要内容，严格落实每一个知识点。语文组组长王夫之先发言。教导处钱主任知道刘敏是王夫之指导的，王夫之他不这么说才怪呢。

不，林老师的课充分调动了学生，有些新意，也符合教学原则，而且有点创新意识呢。学校白校长开口了，他是特级教师，不过是教数学的。

王夫之不再说了。经过一番讨论，钱主任建议说，能不能采用林老师的教学思路，让刘老师参加教学比武。她的不足之处，我们明天请市教研室的专家余佳老师来指导。刘老师年轻，是个女老师，教学比武得分有优势呢。去年政治学科比教，市六中的派出个女老师，精雕细琢打扮一番后，上了一下讲台，讲得毫无特色，居然拿了个一等奖哩。

听了钱主任的经验之谈，大家欣然应允。现在得抓紧时间与市里的余老师联系，让他来讲一节示范课，给刘敏指导指导。

市教研室余佳老师应邀而来，指导刘敏说，上一堂语文课应该把它看作是写一首诗，或者是跳一曲舞。写诗也好，跳舞也罢，得美呀。要有美的结构，美的语言，美的动作。你上《我的"长生果"》这篇美文呀，就得在美点品析上下功夫。刘敏鸡啄米似的不停点头，一副大彻大悟的样子。不过刘敏从没看到过余老师的诗，倒陪他跳过一曲舞。接下来是余老师的示范课。学校在大会议室架了块黑板作为教室，教导处安排了一个班的学生听讲，另外要求全校教师听课取"经"。余老师教的是郭沫若先生的一首诗《天上的街市》。他深情地缓缓朗诵：远远的街灯明了，好像是闪着无数的明星。天上的明星现了，好像是点着无数的街灯……余老师的这节课分两大板块，第一板块是品读，读出诗中情，品出诗之美；第二板块拿毛泽东主席的《蝶恋花·答李淑一》与《天上的街市》进行比较阅读。

余老师的这节课真是一首诗呢。刘敏说。

余老师现在有不少得意弟子。有一弟子用这种美点品析法上说明文《莺》这篇课文，真是美啊。刘敏又说。

说明文也能上得很美吗？说明文也得用这种美点品析法？林高远不禁疑惑。

余老师的课上得好，可是这样来上课，期末考试、中考我们的学生能过关吗？王夫之也提出了自己的疑问。

只管教呗，考试的时候再说嘛。有老师插话。

是的啊，应该怎样让教学和考试能统一呢？林高远又开始思考了。这个问题他从开始拿教鞭那天就在思考着，不少语文教师语文课教得好，可他的学生考试成绩却不理想。就说余老师教《天上的街市》这首诗，学生学完了会知道什么是联想什么是想象？会懂得作者在诗中表达的理想和愿望吗？应付考试肯定是一塌糊涂。他又记起一则报道，著名作家王蒙做高考语文试卷只得了60多分。这真可谓滑天下之大稽也。是不是高考、中考这些考试指挥棒有问题呢……语文啊，老师教得好的他的学生考试不一定好；而考得好的学生，不一定是他的语文老师教得好。我林高远不自夸吧，小学、中学到大学，语文成绩挺不错哩。而我的语文老师中印象最深的是中学时有位张老师，上语文课时教我们唱过琼瑶的《月朦胧鸟朦胧》这首爱情歌。有一次课上完了他还为我们表演了一次气功呢，五块砖叠放着，他一掌下去，全给打碎了。总是不明白，他为什么这样为我们教语文课？但正是那时我迷上了小说，之前读小学时爱背唐诗，更喜欢看连环画，一本接一本地看，家中一个破旧书箱内曾经藏过300多本连环画，这连环画至今还高束在我老家阁楼之上；中学时迷小说，看《三国演义》，看《水浒传》，也看《红与黑》《巴黎圣母院》《三个火枪手》等，看小说也装模作样地写小说，不为发表，只在教室里同学中传阅，有篇《枪王》的小说还被班主任收了去，说"不务正业"……

林高远其实深深地爱着文学。爱着文学，作为一名教师，他又是多么想上好每一堂语文课。

教了六年语文课了，林高远所带班级语文考试在学校排名中不是太理想，当然从没有"做尾巴"，得"第一"只有过一次，是刚拿教鞭的那年。那一年刚下学，什么都得跟人学，他听王夫之老师的课比较多，于是那一年把王夫之老师的教法是'全盘搬进"，因此得了个第一。他还记得当年王夫之老师教《死海不死》这篇课文的过程，教室里的那块大黑板，从左到右抄了满满的一黑板，既有对死海成因的科学解释，也有全文的结构层次，段落大意，以及全文的写作特点。还有教《苏州园林》，王夫之让学生把这篇2000多字的说明文给背诵下来，不能背的同学不让回家。不过，王夫之的学生考试常拿第一，也因此，王老师年年是先进，听说还额外加了一级工资呢。

但林高远从没有觉得王夫之的教法是高明的，他总认为学生学语文不应该这样学，可是他又没有能使得上的教学方法，于是他就这样不停地摸索着，总想找到能打开这把"锁"的钥匙。他也知道，这把钥匙是别人给予不了的，只能用自己的实践与反思来锻造。

三

林高远这几天心情特别舒畅，他的小说《中国筷子》在《短篇小说》杂志发表，散文《爬山虎》在市报副刊版发表。每一次发表，哪怕只是市级的豆腐块，他觉得对自己都是一种鼓励，比吃上一顿美餐或发上几百元奖金都好。他认为这就是他的教学之余的乐趣，用他自己的话说，借文学的眼光感悟生活，用生活的感悟提炼文学。他不想成为所谓的作家，只觉得平平淡淡一点过好些。刘心武不也曾说：当作家成为一种职业时，就没有什么乐趣了。他不由得哼起了走调的歌曲：我不知道你是谁，可我知道你为了谁……

林老师，李飞和魏明山打架了。语文科代表王霞到办公室叫林高远。

什么原因？林高远疑惑了，李飞个子高大，魏明山显得瘦弱，他们怎么会打架？

您不是准备上《鲁提辖拳打镇关西》这篇课文吗？您大概会让学生表演吧。他们两个人都想做鲁提辖，先是争了一阵，后来不知是谁把谁叫了一声"镇关西"，于是打了起来。

林高远赶到教室时，李飞正和魏明山扭在一起。

我们还没开始学《鲁提辖拳打镇关西》呢，你们先表演起来了。林老师说。李飞和魏明山赶快松了手。这样吧，待会你们两人先后分别扮演鲁提辖、镇关西，不过这时要去看书，看书上的人物是怎样的语言、怎样的神情、怎样的动作。大家都别吵了，一会我们上课可以看到两个版本的鲁提辖拳打镇关西呢，一个是"威武版"，一个是"温柔版"。林老师又说。

李飞、魏明山的脸红了，一会两人笑了，相互击掌后回到了座位。教室里同学们都笑了。

在同学们恋恋不舍的目光中一节语文课又得下了，林老师也不想下课，但是他是个从不拖堂的老师。一场"鲁提辖拳打镇关西"的表演倒使饰演者李飞、魏明山成了好朋友。上语文课，有时真是一种享受。他又想起余老师的那句话，上一堂课就是写一首美的诗呢。我又写了一首诗呢。林老师心里美滋滋的。他一声不响地走进办公室。办公室里老师们七嘴八舌地说着什么，好像根本没看见他似的。常常，老师们总是议论着昨天打麻将的手气，什么我和一四七条都没有，一个"硬镶五"让下家自摸了。还有就是低声窃语某某与某某的风流韵事，其实是生怕别人听不到的语调。

四

已经是晚上11点，林高远还在准备明天的语文课。其实，他的语文教案早就写好了，教案嘛，不过是应付学校来检查的呀，当然，这个观点是错的。林高远肯定知道教案就是为了教师课堂教学而写的教学方案，教案上怎么设计，上课时你就得按图索骥地来操作。前两年林高远就是这么做的。一节课，精心设计后写在备课本上，可每月底学校检查他教案时却说不规范，况且有涂改过的痕迹，于是多次对他进行点名批评。学校要求教师的教案啊，必须有教学目的、教学重点、德育渗透点、教具使用、教学课时、教学过程、教后小记等10多个环节的清楚记录，而其实呢，大多数教师总是拿着特级教师教案一字不漏地抄在了备课本上。这就是不少教师的教案，年年如是，周而复始。如果说有点作用的话，那就是在练字吧。这样，林高远不得不说一套做一套了，应付检查的教案依然是照抄不误，他上课时真正使用的教案呀，只有他自己心里有数，他有另外一个备课本，对某篇课文的教学设计他一经想出立即记下，龙飞凤舞几个字，只要他林高远看得懂就行。不过，教学后的感悟林高远倒写得详细了，这几年他有了好几本。

班里学生刚学完《孔乙己》《范进中举》两篇小说，林高远觉得应该还来点"动作"，应该来研究研究"封建科举"这东西。把学生分成小组，让学生采取各种途径查找大量资料来认识"封建科举"的本质。想着想着，林高远给这次学习活动取了个名：腐朽的科举病态的社会——《孔乙己》《范进中举》研究性学习活动。

林高远向学生布置好这两天的语文学习任务后，他就去市实验中学参加市里的语文教学比武活动，不过他只是听课，讲课的是刘敏，随行的还有语文组组长王夫之。林高远见到刘敏时，刘敏已经站在实验中学的讲台上，他几乎不敢相认了。平常不大起眼的平装版刘敏变成精装版了，脸上肯定擦了什么玉兰油隐形粉底什么的，嘴唇应该用过唇膏，眉毛细细描过，头发烫成了带酒红的什么日本或台湾的离子烫。美女呢，林高远的第一反应。市里教学比武内容得抽签，刘敏抽签内容居然是余老师指点的《我的"长生果"》，真是巧合！这下不拿一等奖才怪，林高远寻思。

听刘敏上《我的"长生果"》这篇课文已经5遍，不，应该6遍了——她在本校三年级6个班都试教过。林高远很不耐烦了，他看了看王夫之，王夫之也没听，正转过头看自己。看见林高远转过头，王夫之招了招手，两人从后门蹑手蹑脚地溜了出来。

告诉你我才得知的好消息哩。王夫之说，脸上从来没有的灿烂。

什么？林高远平淡地说。

你的论文《在作文教学中培养学生创新素质》获省教科所颁发的二等奖了，得请客哟。

您不也上交了一篇《语文教学不可忽视字词教学》的论文吗？该是一等奖吧。林高远有点狡黠，其实他看过王夫之的那篇论文，得罪人一点说那不应叫论文而叫教学建议。这还算是王组长的大作吧，如今好多人为了评职称，论文都是请人代写，或者干脆抄上一篇出几百元钱获个奖，不是说"天下文章一大抄"吗？咱教师就不能抄？王组长比起那些人还只是"五十步"，离"一百步"还有点远哩。

哪里哪里，只得了个市二等奖。年底我申报高级职称拿这东西去不知能否通过，唉……王夫之有点悲观。但马上又说，林老师呀，我们的论文都将编入《最新优秀教学专家论文集》，由正规出版社出版呢。

那好啊，我们都是教育专家了，林高远应道。每人得交版面费220元，出版后每人须购买5本，每本190元。王夫之说。

这样划算？林高远又问。

怎么不好呢？王夫之说。其实到时出版了每人买10本都行，嘿，购买10本就成了这本集子的副主编哩。买了10本，你班上王文的爸爸不是市财政局局长吗？往那儿一放，10本嫌少呢。

这段时间太忙，到时再说吧。林高远其实是婉言谢绝。每学期他都会收到论文入选或应邀参会的通知不少于50次，每次他都是随手将来信扔到纸篓。没有一点价值，我不会去做。林高远心里说。

五

我校教师刘敏在市语文教学比武活动中获一等奖。

这条消息在林高远返校之前就像长了翅膀一样在校园里传开了。同时获一等奖的是市前进中学教朱自清先生《春》这篇课文的女老师，依然采用的是"美点教学"法，依然少不了曾和主评委余佳老师跳上一曲交谊舞。参加教学比武共12人，没有一人没获奖。获三等奖的是"清一色"男士，当然没有使用"美点教学法"，肯定更没有陪余老师跳舞。有三等奖获得者不服气提出疑问：朱自清先生的《春》可以进行"美句品读"，如果来教朱自清先生的《背影》，那如何来选"美"呢？难道文中父亲蹒跚、肥胖的背影不美？难道父亲临别时"我走了，到那边来信"的语言不美？《背影》是名篇呀！

这次听课林高远感受最深的其实是市一中一男教师教的公刘的《致黄浦江》的这首诗，教者借用多媒体教学课件，制造气氛，形象生动地再现情境，循循善诱，一环扣一环，教者轻松，学生轻松。听这节课，林高远感觉似乎是在看一个武功极高的人在进行着武术表演。

我还只会打字、上网，我得学会做教学课件。林高远给自己下了个决心。

走过学校文化长廊，林高远看到了省中语会组织的全省中学生"读一本好书"征文活动结果通报，全省有21人获一等奖，三（5）班居然有杨桦、陈诚两人，本校学生获一、二、三等奖共17人，三（5）班居然达12人。林高远心中一喜，但是他又觉得也不反常，这个三（5）班语文从初一年级开始就由他带，三年快完了，学生每人至少读了30本课外书。他每周拿出一节课时间交给学生进行课外阅读，每次语文课都有课前3分钟，让学生交流课外阅读心得。这能算意外吗？

走进办公室，办公桌上赫然放着几篇文章，这是前几天布置的"封建科举"研究活动成果。看看题目：《写在长衫上的笑》《含泪的笑——说说〈孔乙己〉中的笑》《从范进中举前后看当时世态》……林高远也笑了，学生的研究水平非在我林某人之下哩。他不由得又哼起"我不知道你是谁，我却知道你为了谁……"

林老师，你到政教处把你班违纪学生领回来。政教处张主任在办公室门口叫道。

违纪？我班？林高远迷惑了。

你班学生这几天有不少人在网吧上网，影响很坏。张主任又说。赶到政教处一问，林高远忙向张主任解释：他们这几天上网吧是我布置的，因为我要求他们去网上查关于"封建科举"的资料。

你在替他们受罪吧？语文试卷上有这样的题目？张主任反问。

林高远不想再说什么，因为这个问题他不能回答，也回答不了。他看着正在政教处写检讨书的学生，叹了口气，轻声地叫着他们的名字，带回了教室。他又能对学生说什么呢？

林高远回到办公室刚坐下，教导处钱主任就嚷：林老师，我和你交流一下本月教学情况，作业缺一次，有两次坐着上课，是吗？

大概是吧。林高远说。作业不缺啊，你看这不是一次作业？说着林高远把学生交来的一篇文章《写在长衫上的笑》递给钱主任。

这算作业？钱主任满脸疑惑。又问：那坐着上课是怎么回事？

一次是和学生一起作文，是写一篇"托物言志"的文章，市报副刊上发表的《爬墙虎》就是那次写的；另一次是我和学生一起在做单元测试题。林高远解释。

我说林老师啊，老师就是老师，还用得着和学生一起写作文，一起做测试题吗？反正违反学校教学常规就不行。我们学校不少语文老师教了几十年语文，没有像你这样做，教学质量不是很好吗？林老师呀，你教的是毕业班，你得抓紧。你要认真反思反思你的教学方法呀。钱主任说完，向校长室走去，他要将这情况向白校长汇报。

得反思反思呀，林高远还在想着钱主任的话。他的心中似乎有一股怒火，却难以迸发；他的头脑中似乎有两股矛盾的力量千丝万缕般绞缠在一起，他分不清，他拿起手中钢笔，想写一首关于"怨恨"的诗，可怨恨什么呢？他隐约记起一首名叫"我不知道风是在哪一个方向吹"的诗，应该是风流才子徐志摩的：

　　我不知道风

　　是在哪一个方向吹——

我是在梦中，

在梦的轻波里依洄。

我不知道风

是在哪一个方向吹——

我是在梦中，

她的温存，我的迷醉。

我不知道风

是在哪一个方向吹——

我是在梦中，

甜美是梦的光辉。

我不知道风

是在哪一个方向吹——

我是在梦中，

她的负心，我的伤悲。

我不知道风

是在哪一个方向吹——

我是在梦中，

在梦的悲哀里心碎！

我不知道风

是在哪一个方向吹——

我是在梦中，

暗淡是梦里的光辉。

叮——又上课了，林高远夹起备课本走进教室。这一堂课，他该怎么开讲？

我们的孩子

一

今天是个好日子。9月1日。

利沙一中又一个新学年开始了。

秋日的阳光照在人们身上非常的舒适，偶尔的秋风吹过，并不让人感觉到了秋天。如果不是随地可见随风而散的落叶，人们是根本不会想起是秋天的。本来江汉平原的秋天就像大胖子的颈脖一般，特别的短，炎炎的夏日仿佛还在心里头热乎，也还没来得及品味秋的凉意，呼啦一滑人们就进入了凄冷的冬天了。

余生今日起得特别早。他不是去上学。他是一个教师，在利沙市第二初级中学任教。他得送他的宝贝儿子余自力去一中报名。儿子是考上利沙一中的，这一消息让余生的全家——包括老家的人和娘家的人——着实高兴了一阵子。利沙一中虽说是在利沙市，但这所高中学校早就是省重点中学、示范高中学校了。能考进利沙一中，就像进了重点大学的保险箱了，有老师恭贺余生老师时说道。说得余生兴奋不已，立马邀了五六个同事到酒馆好一顿酌饮，破费三五百元却也心甘。

自力。余生对着隔壁儿子住的房间叫了一声，轻轻地。没有回应。余生就又叫了一声：自力——

这下门哗地开了，亲爱的儿子余自力惺忪着双眼：什么事呀？

今儿得报名去了，报名了就得进班。余生说。门又哐地关上了。余生知道儿子开始去洗漱了。

趁这工夫，余生也忙着修理一下自己。皮鞋上油上了二次，锃亮的效果真正比上一次好。拿过那瓶叫着发胶的东西，抹了两泡在头上，气味特浓。这是儿子常用的他怎么习惯哩？余生耸了耸鼻子，还是用梳子将发胶抚平，梳理得油光发亮。然后，套上了他不常穿的一套黑色西服。

余自力出来的时候，老爸余生已经收拾停当。

你T恤穿反了吧。余生问儿子。

儿子不情不愿：你自己看吧，是不是穿反了。

余生又仔细看了儿子那件T恤，真没穿反，是这种样式而已。

要不你换件衣服吧，进了新学校得有个好样子。余生轻轻地说。

这样子不好吗？你穿西装上发胶的样子很好吗？儿子反问道，走出门去。他今天没有上发胶。

余生赶紧拿起自己的工作包跟上去。儿子昨天就说不情愿和爸爸一起去报名，可这上利沙一中报名，没有爸去能行吗？

余生余自力父子俩打的到利沙一中门口时，那儿已是人山人海。利沙一中不像其他高中学校，为了生源，到处打广告，到处拉学生，提前10天开学。既然是省级示范学校，还愁没有学生吗？

余自力跑在前头，一会儿就没影了，余生边喊着"自力"边跑着。咏——一辆奥迪插在了他的前头。

走路没有眼睛？车里冒了一句话，一个女孩子的声音。接着，从乌龟壳里出来了一个女孩和一个戴着墨镜的中年人。

依着往日的脾气，余生肯定会有力地还上几句，但今日是来为儿子报名，也算了吧。他还是想起了一句舌：坐这类车的人，他肚子里一定没有知识！余生阿Q式地高兴了一下，又怔住了，因为，也许儿子在身边的话一定会接上下一句：说这话的人，他兜里一定没钱。

余生在报名处的门口看见了余自力，一把揪住，进了报名处。递过录取通知书和准考证，还有980元的报名费，就要报名。

哟，贾局长，您大驾光临哩，什么事啊？报名处里头传出了吆喝，是那个开报名收据的年轻男子，留着八字须。

余生顺着声音转过头，正是那乌龟壳里的父女俩。戴墨镜的父亲接过话头：丫头考上了利沙一中，来报名哩。

那您说名字，我替您报吧。八字须说。

贾妮。

录取通知书和钱随之递到了桌上。

八字须开了收据，双手递给贾局长。下一个，他又喊道。

余生又准备递过录取通知书和钱，一个声音又拦住了他：财会同志，我的钱清好了，您点一点……余生一眼瞟去，是个老头在叫八字须，老头的面前有一叠钱，挺厚的，比他脸上的皱纹还要厚。八字须忙去点钱，那钱只有一张百元票，其余全部是10元或者5元的票面。这老头肯定早就站上队了。

报姓名。八字须冷冷地说，好象点钱让他吃了大亏的样子。

俺的儿子叫吴长春。说着从上衣口袋掏出了许多张奖状：这，都是俺儿子吴长春的。

今日报名，只要录取通知书和准考证就行，奖状您自己慢慢看吧。八字须说。余生这才仔细看了看老头，老头样子苍老，其实年龄也不过40来岁吧。老头旁边站着个小男子汉，黝黑的皮肤，眼睛大大的，倒真给人一种健康的感觉。

接过报名收据，老头高兴地领着小男子汉吴长春走了，儿子羞涩地笑着，看似一脸的幸福里像藏着忧郁的影子。

余自力。余生字正腔圆地说道，比他讲课的声音还大，生怕人家听不见一样。那样子，就像母鸡下蛋之后的骄傲。

八字须一声不响地点钱、开票。倒是旁边有人问：王财神，你咋和地税局贾大山副局长也认识啊？八字须来了劲，他呀，是我舅爷的表兄的妹夫，能不认识？他家妮子这次考利沙一中没考上，出了8500元钱……

二

9月，是学校开学工作最忙的时候。余生这一学年在利沙第二初中仍然担任初三（2）班班主任。虽然工作忙，但余生还是要过问亲爱的儿子余自力的学习。中国的父母好像天生就是为着子女的。从子女出生到他们读书、结婚、生子，直到做父母的生命弥留之际，第一想到的就是自己的孩子。

这是中国式父母的悲哀。余生常在自己的心里说。可是明知有悲哀，偏向悲哀行。昨天，是利沙一中新生军训结束的日子。余生和老婆王珍早早地赶到利沙一中校门口等余自力。

你们来做什么？儿子当面就是一句。

军训辛苦了，咱们去加餐吧。余生笑嘻嘻地说。我已经在"六六顺"餐厅订好了座位。

那你们俩去吃吧，我在学校吃就行了。儿子淡淡地说道。说完，又跑进了校园。

儿子让老子吃了个送上门的"闭门羹"，余生的心里急躁起来，但又不能发泄出来。和王珍跑到"六六顺"，要了瓶"二锅头"，独自酌饮起来。

这儿子咋真开始不大理会我们做父母的了呢？一个大大的问号在余生的头顶盘旋，如一烟圈，久久不能散去，更像孙悟空头上的紧箍，箍得余生的心里阵阵发痛。

余自力刚出生那会儿，是余生和王珍这个小家庭最拮据的时候，两头的父母没能给他们什么，相反时不时地还得送点医药费去。余自力一出生，王珍又没有奶，那只能买奶粉，买奶粉又不能买低价的，净拣高价奶粉买。那时，即使买不上啥菜也得先买来奶粉再说。给儿子取名，虽说余生是个语文老师，但偏是语文老师就越觉得名字不好取，想来想去，取个"自力"吧，是一种美好的祝愿哩。

可慢慢长大的儿子也太"自力"了，余自力才5岁，居然能和9岁的上了三年级的高鼻子男生抗衡，那高鼻子才说他一句，他拣了块小石子，对准高鼻子的脑袋瞄准射击，给射中了，射出了鲜红的血。闹得全家老小给人家赔不是，也付了大几百的医药费。好在上学后，这小兔崽子有了压力，先是余生那双盯住他不放的眼睛，有啥风吹草动，要么用言语相对，要么用武力镇压，让这小子不敢乱动；再是学习上有了压力，一个小学生，背了个10多斤像座小山的书包不说，放学回家还有做不完的作业。这两大压力，余自力怕的当然是前者，哪有儿子不怕老子的呢？后者的压力麻，可以缓解，作业可以迟交，少交或者不交哩。但等到读初中的时候，老子余生盯得更紧了，作业不又要检查，而且还要针对情况"开小灶"——另外买些学习辅导资料让余自力做，而且，不准再看与学习无关的课外书。就连儿子心爱的篮球都给收藏起来了。儿子哪里还敢动呀，整天像全力以赴投入学习的样子，尤其是初三年级那年。可是，居然有天夜里，下晚自习回家的余生轻轻推开余自力的房门时，当场抓获了余自力——打着电筒，看着武侠大师金庸的《笑傲江湖》。

于是，连夜召开了家庭斗争会。余生从古人的"头悬梁，锥刺股"到"凿壁""囊萤"，再说到他自己当年的学习，就着油灯昏暗的光，孜孜不倦。末了，气势逼人的老子要儿子立考上市一中的军令状。

我们现在的学习能和你们和古人比吗？儿子反问。

什么叫与学习无关的书呀？儿子又反问。

听了这两句，余生更是暴跳如雷，唰地对着儿子的脸飞过一耳光。妻子王珍连忙给挡住了。见了这架势，儿子也只得向他妈王珍立了口头军令状：考上利沙一中。

有了这句话，余生比吃蜜还甜，要是能上利沙一中，我让儿子甩一耳光也值。余生心里想。

他又想起了儿子的两个反问句。尤其是后者，其实他这个教语文的老师也真是难说清：什么书叫与学习无关的书？听说金庸老先生的《天龙八部》准备节选后编入中学教材呢？能说他的小说与学习无关吗？

余生不由得笑了笑。他又想起儿子的成绩，现在也并不算差呀，在利沙第二初中学校排名第28位，也算不错了的。儿子只是物理学科稍微差一点，明天让王珍把家里的那两瓶酒给他物理老师张老师送去，大概效果会好一些吧。虽说是同事，有求于人不去意思意思也是不行的。

从那以后，儿子很少与他主动说话，直到他考上利沙一中，儿子也只是轻轻地说道：考上就考上了吧，有什么大惊小怪的。

余生又笑了笑。他想起了他今年在市里获一等奖的一篇论文：《应试教育十大弊端》，而对于自己的儿子余自力"考上利沙一中"这一结果，是应试教育还是素质教育的结果呢？

余生又笑了笑，有点不大自然。

三

尽管余自力不愿对爸妈说起在学校的生活，但是余生还是通过其他渠道了解到了不少与之有关的信息。比如儿子所在班级高一（7）班班主任兼数学老师江涛，华中师范大学数学专业毕业；语文教师贺成，武汉大学毕业……比如儿子在军训时还被评为了训练标兵，比如报名时贾大局长的千金贾妮、黑黝黝的吴长春都和儿子同在高一（7）班……

余生现在最想做的事就是给儿子请个物理学科家教老师。他觉得儿子的高中学习需要家教"补习"这剂补药，不然的话，儿子的成绩就会下降的。他拨通了老同学吴生平的电话，吴生平是利沙一中的物理教研组长，这次请他辅导儿子还能有差错吗？

不行吧，老同学你说迟了，人家地税局的贾局长上个月就已经高薪请了我，并说希望我只辅导他家贾妮的。吴生平在电话里说。不过，你家自力有啥问题可以到我办公室来问我呀。

余生这才想起他曾听人说过，贾妮还没进利沙一中时，贾副局长早已托人请好了各科家教老师，并且还在帝王酒楼聚餐了的呢。

余生认为不管怎样也得解决儿子的"物理问题"。不如专门去拜访他的物理老师吧。余生想着，买了两瓶茅台，880元，连夜摸到了物理老师家里。儿子呀，为了你的学习你的前途，做老子的再低三下四也无所谓的。余生在回来的路上想。因为他在物理老师家受到了老师夫人的不热情接待，也许是嫌东西少了吧。

回到家，余生又和妻子王珍商量着另一件事，说是商量是假，其实是早已达成的一个共识——请儿子的所有科任教师到帝王酒楼吃顿饭。第二天中午，余生赶到一中校门前准备去与班主任江老师联系时，儿子余自力跑了出来，说，你是来请我的科任教师吃饭的吧？只要你敢请，我就敢上课不再听讲，信不信由你。说完，头也不回地走了。

余生僵在了校门口，王珍打电话过来时，余生才回过神来，只得说：算了，这饭不请了，咱们变换点形式吧，一定不能让儿子知道。王珍心里有数，在一个夜晚，拿着几条烟，逐一拜访了儿子的科任教师，每人一条，班主任老师两条。

没等到秋天走向深处的时候，冬天来了。江汉平原的冬天是值得品味的。她不像东北的冬天寒冷刺骨，也不像海南的冬天没有味道，江汉平原的冬天有冬的冷清，更有冬的温情。一般的年份都是有雪的，雪或大或小，都能给平原的冬天增添无限秀色。当然，缺少的只是山，那种巍峨有气势的山。

这一年的冬天依然有雪。一场大雪刚下，便迎来了新的一年——元旦节到了。利沙一中的元旦文艺晚会是学校推行素质教育的一个小舞台，更是学生们展示自我风采的大天地。届时，会邀请部分家长参加文艺晚会。余生也在邀请之列，这让他兴奋不已。更让他激动的是，晚会上有儿子表演的舞蹈节目。

等到余自力的节目开始时，余生的心倒提了起来，这小子会什么舞蹈呀。一上台，五六个打扮很酷的五颜六色的男生女生哗啦啦蹦开了。随着节奏，身体自由地颤动着。余生一眼扫去，后排最左就是宝贝儿子余自力，脸上还贴着面小国旗呢。那旁边的一个女生，不是那贾妮吗？想着她又想看到那叫吴长春的男生，舞台上没找到，一转眼在观众前排看到了那黑瘦的吴长青，正拿着本书，就着舞台忽明忽暗的光线看着书，不时地还停下思考着什么。唉，这孩子！余生莫明其妙地叹了一口气，目光又回到了舞台上。这是什么舞蹈呀？余生想了半天才想起在中央电视3台上见过的街舞，这最流行的玩意，傻小子居然也会了。余生乐在心里，合不拢嘴。

更让余生合不拢嘴又提心吊胆的事却是一场篮球赛。这是余生那次同学聚会时听老同学吴生平讲的。篮球场上，余自力所在的黄队与另外的红队决赛，眼看比赛就要结束，而红队比黄队高2分。这时的球控在余自力手中，就在球赛还有10秒结束的时候，一个女声猛然响起：爱我，就投了分球！唰——一个漂亮的3分球应声而入，黄队以1分险胜红队。那个发出声音的女生和投了3分的余自力顿时成了焦点，那女生不是别人，正是同班同学贾妮。自从那场球赛，"爱我，就投3分球"成了校园的时尚语言；自从那场球赛，余自力同学就有了一种初恋的感觉——他把这种美妙的感觉写进了心爱的日记里，藏在卧室的抽屉。

听了这个故事，心想这绝不是杞人忧天的余生派出了老婆王珍搜查了儿子的卧室，当然查到了那本神秘的日记。不仅搜到了日记，还搜到了两本书，一本《正确对待爱情》和一本《青少年性知识》。这更让余生惊愕不已。余生读高中，就是读大学时也没有过真正的恋爱，至于性知识，他到现在也没有看过完整的一本书。这真让他棘手了……

四

特大新闻：高二（7）班化学教师让学生给炒鱿鱼了！

几天来，校园里的师生总是谈论着这条新闻，过去几天了在口中咀嚼仍然觉得有味道。

化学老师姓李，不知是哪所大学毕业的。上课时总是照着书本念，声音小得如蚊虫一般，偶尔也在黑板上写两个字，小，而且潦草。做作业时就出了问题，大部分学生不会做。有少数的学生就去问第一名吴长春，问那些题目的解法。最后吴长春也弄不懂了，去问李老师，李老师说等几天我想想吧。学生们知道了问题的严重性，于是联名向学校曾校长写了封信，反映了情况。当然，执笔者是余自力。第二天学校教务处有人来调查、听课，第三天那李老师就不见了，据说调离了利沙一中。

如今的老师不好当啊。不少老师忧心忡忡地叹气。

炒掉老师的信息如电波一般迅速扩散。传到余生的耳朵时，已经是半个月后了。余生对儿子班级学生的勇敢感到高兴，听说已经换来了一个优秀的化学教师。但又得知是宝贝儿子余自力执笔写信时，他又有点担忧了，或许他想到了"枪打出头鸟"这句话。

又快期末考试了，余生认为现在最迫切需要解决的问题是余自力的恋爱问题。星期四下午最后一节是利沙一中的班会课，他想去找儿子谈话，顺便与班主任江老师碰个面。赶到教室的时候，教室里空无一人。碰到了江老师，江老师说班会课让他们自主组织，真不知他们干什么去了。余生忙和江老师谈起了余自力近来的情况，说到是否早恋的问题。江老师倒笑了，说，他有过，现在没有了呀，就在前天，他交给我的"每月思想小节"中写得很清楚。

　　说着，江老师取出了余自力的"每月思想小节"，交给余生。"小节"里写到：……也许是老爸老妈没有发现我早恋的迹象吧，感谢他们没有给我武力镇压，不然我真不知道是什么样结果。我更感谢江老师送给我的两本书，特别是那本《正确对待爱情》告诉我：真正的爱情是需要生理、心理的成熟之后，两者相悦的真挚情感。这种果实，摘得越早，就越苦！……现在不是恋爱的季节！……现在是学习的黄金时间……

　　余生的心里一震，想到自己曾经认为多么棘手的事情，让江老师顺水推舟，以柔克刚而化解了。他感激地拉住了江老师的手。

　　江老师。一个重重的声音传过来，是学校政教处吴主任。你班里的学生今天怎么组织"团结互爱"主题班会的？全班同学居然跑到大街上去卖《楚天晚报》。

　　啊？江老师一惊。吴主任，等一会让他们回来了我来调查。

　　有学生三三两两地回来了，每人手里攥着把大大小小的钞票，纷纷到班长田丰那儿登记交纳。

　　你们到底在干什么？江老师问。

　　我们在卖《楚天晚报》，学生们杂七杂八地回答道。

　　为什么"团结互爱"主题班会不开却跑到大街上去卖报？吴主任质问。

　　跑到大街上卖报就不是主题班会吗？有人反问。余生不看，也知道是余自力回班了。吴主任，我们确实是在组织"团结互爱"主题班会。您听我说，您知道我班的学习尖子吴长春吧。他的父母在他不到十岁时就先后去世，现在依靠着他大伯在生活。他大伯也没有什么手艺，生活得窘迫，他第一年的报名费是吴长春和他大伯捡垃圾捡来的。可是这些情况吴长春从不向人说，学校里又有谁调查了呢？去年，我们班有同学看见了捡垃圾的吴长春，我们就在想，怎么样帮一帮他。今天机会终于来了，不正是"团结互爱"的主题班会吗？我们今天全班同学的卖报所得共计718元，全部捐给吴长春同学。这样的活动我们还会坚持，只有坚持，才能帮助那些生活困难的同学……

吴主任，这件事就由我来调查处理吧。江老师连忙说。他知道，再说上两句，他的那些学生就会同吴主任争执起来的。

望着吴主任远去的背影，江老师对同学先跷起了大拇指，接着两手一挥：休息去吧，同学们。

五

这一年的夏天来得特别早。仿佛春天的花儿刚刚开放，夏天的太阳就露出了脸蛋。风，吹在人身上，一阵比一阵热，虽说是初夏。

余自力6000多字的小说《梦的回忆》在学校校刊上发表了。余自力好一阵欣喜。但余生并不高兴，他在为儿子的高考担心，离高考只有一个多月了呀，儿子还在看什么韩寒、郭敬明，还在听什么周杰伦。但余生从儿子胸有成竹的样子中似乎也放心了不少。

贾妮出走了。

恍如惊天霹雳，在利沙一中三（7）班，在贾副局长家中炸开了。就在临高考前的一个月，放月假，贾妮说是回家，可家中没有，又来上学时，学校又没人。

出走的原因有人说是失恋，是因为余自力。江老师没有说什么，他从贾妮的抽屉里找到了一张留言条：

亲爱的老师、同学们、爸爸、妈妈：

我认为我需要到别处走一走，清静清静一下。我的成绩不好，这我知道；我的家庭条件好，这我也知道。好的家庭条件能改变成绩吗？肯定不行。我爸为我找了那么多家教老师，有大的效果吗？我看只能增加我的学习压力。我在学校里要学习，回到家又要学习。成天，只是学习学习再学习，我的脑袋要炸了！听说，一个月后的高考，爸已经为我打通关节，让监考教师照看照看我，即使我考差了，也会出大几万元钱为我买一个大学去读读。这样让他贾局长也有面子一点。老爸呀，你想过你女儿的自尊没有？你知道你女儿很累吗？你设计我的高考，你能为我设计我的一生吗？非常感谢江老师和余自力以及其他同学对我的帮助！我只想出去走走，高考过后我再回来……

贾妮到底会去哪儿呢？贾副局长调动了所有的亲戚朋友在市区寻找，都没找到。

去长江边找找，总会找到她的，她不常说特别喜欢在江边走走吗？余自力想着。叫上几个同学来到了江边，果然，在长江渡口，贾妮呆呆地坐着。

同学们围着贾妮，开始细雨式地"围攻"。

你是那个跳街舞的贾妮吗？

你是那个会吹口哨的贾妮吗？

你是那个会说"爱我，就投3分球"的贾妮吗？

自己的路自己走！

活出真我的风采！

同学们围成一圈，手握着手，连成一个摇篮，将贾妮颠了起来。一阵阵笑声，传得好远。

六

6月7日的早晨，下了点小雨，看似毒辣的太阳倒显得温情起来，微风习习，总想拂去家长们脸上焦虑的神情。

同学们一个又一个自信地走进考场。

贾妮、吴长春、余自力……

又甜又圆大西瓜

站在一片碧绿的海洋里，吴守成笑开了眼。

碧绿的是西瓜，还有连着一个又一个西瓜的西瓜蔓。西瓜蔓是一根根错综复杂的电线，西瓜就是吊在电线头上的一个又一个电灯泡。一个又一个的电灯泡在吴守成的心里闪亮着。吴守成知道，今年的西瓜收成比去年好得多。这几个月风调雨顺，好像这老天爷就是他吴守成聘请的。西瓜刚种下地，要点雨水，第二天就下了雨，不大不小，正合适。西瓜要上粉了，风就来了，穿着花衣裳的蝴蝶也飞来了。西瓜长个儿的时候，是不能下雨的，嘿，就晴了好一阵子，那西瓜就像女人肚子里那五六个月大的婴儿，一个劲儿地疯长。

碧绿的海洋里还有一个女人，她叫梅子，吴守成家的女人。梅子肚子里的婴儿早就呱呱坠地了。大的是个女儿，吴雪，去年上了大一，南方的一所重点大学。小儿子吴雨，才十四岁，今年六月参加中考。梅子也在拾掇着田地里的西瓜，时不时地看上一眼不远处的吴守成，一脸的幸福。这个男人有主见啊，会种地，他说种西瓜一定收成好，这不，果然就丰收了。

夫妻两个开始收今年的第一茬西瓜了。和女人生孩子一样，这一片地里的西瓜也还是有早有迟的，当然时间也隔不了几天。吴守成就琢磨着，这摘的早西瓜，不多，价儿好，就在这村里卖掉算了。梅子抱着两个大西瓜往田边走，像抱着两个孩子。又见一个成熟的西瓜，想着再抱上。

"别那么贪心，抱两个就成。摔破了可不成。"吴守成笑着对梅子喊。

"我不会像你们大男人，只能抱一个的，抱女人抱习惯了的。我们女人，抱孩子抱习惯了，可以抱三四个不成问题。"梅子也和吴守成打趣。

夫妻俩将成熟的大西瓜抱到田边，放在箩筐里，小心翼翼地，像当年侍弄吴雪、吴雨睡觉一样。两个箩筐，每个只装了六个西瓜就满满的了。今年的西瓜个儿大，皮儿薄，水分足，还有，味正，很甜，吴守成掂着个西瓜很有经验地说。

幸福村的村子东头，也算是个小集市了。每天有事无事，人们都要在这儿走一趟。没事儿的，相互打个招呼。有事儿的说事儿，还有，就是在一块娱乐娱乐，打桌球的打桌球，打麻将的去打麻将，各自找各自的乐趣。吴守成挑着担西瓜，乐悠悠地一路荡到了幸福村东头。因为是自个村子的人，人见了就喊："守成啊，就有西瓜了？"吴守成就回："是啊，又圆又甜的大西瓜，大伙来尝啊。"人们就都围了上去，尝尝今年的第一批西瓜。十来个人，一个拿了一个西瓜，用秤称了称，都是近二十斤的大西瓜。就有人又问价："多少钱一斤啊？"大家知道这是不能白吃的，种西瓜是要花去不少本钱的。吴守成前天上过镇上，人家卖一元四角一斤。

"就一元一斤吧。"吴守成对着大家伙说。大家伙也不为难吴守成，纷纷掏出钱来。这下子，十二个瓜，全卖完了，卖了226元。吴守成自己也没留一个尝尝鲜。反正以后多的是，吴守成自己想。一回家，吴守成就将钱一分不剩地交给了梅子，梅子的脸上绽开了一朵花，多做了两道菜，端上了吴守成最爱吃的青椒炒肉。吴守成一个人，还喝上了两杯酒。

吴守成第二天又挑着担西瓜来到村子东头时，却发现大家伙都买上了西瓜。他又一看，前边不远处，还有两个挑着西瓜担的，满满的箩筐里一个瓜也没有卖出。好家伙，原来，早有人来了。村子里的张小手和李天兵，他们俩的箩筐空着，他们的瓜今天卖出去了。那远处站着没卖出的，是邻村的两个人，他们还傻愣愣地站在那，眼里满是希望的神色。

吴守成就挑了西瓜往家里走。他仍然舍不得吃。一个西瓜二十多元哩，不收回成本前，他是不会吃自己的西瓜的。他打算明天早上早些到村子东头，将这担瓜卖了。天刚睁开眼，吴守成就将西瓜挑到了村子东头。不想，早就有两人影了，李天兵和张小手。见吴守成来了，他们之间也笑了笑，很不自然的样子。天大亮时，人们来了，等了两个多小时，吴守成只卖出了两个西瓜，李天兵和张小手也是差不多，每人也只卖出了两三个西瓜。

吴守成又挑着西瓜往家里走。

田里的成熟和将要成熟的西瓜是越来越多。吴守成知道，再过几天，田里的西瓜就会大面积地成熟，成熟透了的西瓜让它睡在地里，多睡几天就得烂掉。他得想着法子快些将西瓜卖掉，村子东头，肯定不是西瓜的市场。他想起了镇上，陈沟镇上人多，西瓜销路肯定会好得多。想着就和梅子一商量，起了个早，装了满满一板车西瓜，急急地就往陈沟镇跑。

幸福村离陈沟镇有五六里路。吴守成夫妇拉着板车赶到镇上时，天已大亮。他们在菜市场边上停了下来。还没停稳，就有着制服的人走过来："说好了，这儿是不能停的，这马路上怎么能卖西瓜呢？"吴守成就将板车向菜场里边拉了拉，穿制服的说"还不行"，吴守成就又向里拉了一下，穿制服的不说话了，里边卖大白菜的胖女人开口了："你这怎么能行？不行不行，你挡着我生意了。你的这块位置，我卖了十多年的菜了，你怎么不讲道理就占用人家的位置呢？"胖女人说了一大串。梅子就走上前去说："大嫂，我们就借您点地方，这样，我们的板车再转个方向，成不？"吴守成就将板车转了个方向，就着前边的走道一点地方，板车算是立下来了。梅子又拿过一个西瓜递给胖女人："大嫂，自家地种的，您尝尝。"胖女人见了，将西瓜放在了自家菜筐，还将菜筐朝里挪了挪，算是给了吴守成他们更多一点地方。两口子在心里心疼着，还没有卖出一个西瓜，却要送人一个。

就有人过来问价，吴守成说"一块二"，梅子接着说："您再看看这瓜，多好。"围过来的人就多了，挑拣着自己看得上眼的西瓜。吴守成过秤，梅子收钱。一小时不到，板车上只剩下小一些的十来个瓜。又有穿制服的过来，是收税的。说要收十元。梅子说贵了，给了穿制服的五元，没有要发票。太阳已升高了，吴守成的衣衫也湿透了。他看了看梅子，额头的汗直往下淌，身上有汗，汗湿的衣衫贴在梅子的身材上，倒显得梅子更婀娜多姿了。他现在觉得梅子比以前更漂亮。又有人过来买西瓜，只剩下四个小西瓜了。两人的肚子也饿了。

"梅子，我请你客，上馆子吃饭去。"吴守成说。梅子才舍不得上馆呢，她回："守成，你想吃我就陪你去吃。"吴守成摇了摇头，梅子就说："咱回吧。"吴守成就拉着板车往回走。走过包子铺，梅子走过去，买了两个肉包子，递给吴守成一个。吴守成就说："那个你自己吃吧，我也只能吃一个的。"两人就笑了。到家了，梅子低声对吴守成说："你说今儿个卖了多少钱？"吴守成想了想说"一千来元钱吧"，梅子就揪了下吴守成的耳朵："好你个守成，你像清点过一样啊，1032元。"

像所有卖西瓜的人都知道信息一样，第二天吴守成夫妇又拉着一板车西瓜来到菜场时，那菜场里好像到处是西瓜。胖女人旁边的位置早让人占了，她的菜筐里照样多了一个大大的西瓜。吴守成将价格降到了一元一角，又降到一元，但买的人总是不多。三个多小时过去了，夫妇俩只卖出了三个西瓜，43元。吴守成瞅空到街上转了转，至少有二十板车西瓜。看来卖出这一板车西瓜是很难了。

但又不能死等。"我们试着去穿巷子打游击战吧。"吴守成对梅子说。梅子知道他是什么意思，就是两个人拉着板车到一个一个巷子口叫卖。吴守成拉起板车就走。

"卖西瓜。"梅子先叫道。她不想让自己的男人在外这样叫卖西瓜，那对一个男人来说是很丢人的事。但她的声音也不大，好像只是叫给她的男人听的。

"卖西瓜，卖西瓜啊——"梅子的声音更大了。没有声音就没有生意。果然，有人探出了头来："多少钱一斤？"

"一元钱一斤，一元钱一斤卖掉了算了。"吴守成说。

"九角一斤。"那人还价。是个六十多岁的老太婆。

"好吧好吧，来卖给您。'梅子说。老太婆挑了两个西瓜，付了钱，临走，说："这西瓜熟了没？"

"熟了，一定熟了。这样，包开，没有熟，算我的。"吴守成说。吴守成就拿了水果刀，在两个西瓜上各开了个三角形的小洞。老太婆看了看，说："你看你看，这个西瓜可以，这一个不行，瓜瓤不红，说明没有熟啊，这个我不要。"老太婆就退掉了这个西瓜。吴守成夫妇也不好说什么，其实他们知道，这样的瓜一定是熟了的，只是瓜瓤不够红而已。

又走了几个巷子，卖掉了十几个西瓜。还有大半板车西瓜，两人的肚子早饿了。吴守成见了，拿过水果刀，切开了老太婆退下的那个西瓜，津津有味地开始吃起来。梅子也拿过一瓣吃起来，说："要不是那老太婆，我们俩还吃不上自己种的西瓜哩。"两人就苦笑起来。他们知道西瓜是难卖出去了的，就拉回了家。一回家，两口子都不想吃饭，吴守成倒在了自家堂屋的竹床上，他只想睡觉。梅子坐在门槛上，一声不发。

午饭两人都没有吃。一声不吭地过了两个多小时，两人一同又来到了西瓜地。他们知道，田里的西瓜大都成熟了，现在要做的要紧事是想尽一切办法将西瓜卖掉。西瓜地靠着公路，来来往往的车辆川流不息。突然，梅子很惊喜地告诉吴守成："守成，我们用车拉到县城里去，县城里一定有市场。"吴守成一拍脑袋，自己怎么没有想到呢？

"今天几号？"吴守成又问。

"19日了啊。"梅子说。梅子一说，自己想起来了，明天，20日，在县城读初三的儿子吴雨就要参加中考了。儿子的学习成绩很好，基本上没让夫妇俩操过心。初中二年级的时候，有人建议说将吴雨送到县城去读初三，那儿学习环境好得多。儿子上了县实验中学，肯定是能考上县一中的。女儿吴雪去年上了大学，南方的一所重点大学，给吴守成两口子挣足了脸面。其实两个孩子的学习都没让他们操心。他们操心的是手中有没有钱。两个孩子读书要钱啊。儿子就要中考了，他们只想着田地里的西瓜。这样，明天可以一举两得，到县城一是卖西瓜，第二看看正在中考的儿子。

吴守成就去租车，租大汽车是不行的，成本高，也用不着；他想租一部小货卡，问了好几个司机，听说是租去卖西瓜，也不知道什么时间能够回来，人家都说有事，给拒绝了。他想起自己前两年还在镇上的砖场开过拖拉机，自己是会开手扶拖拉机的，为什么不就自己开着手扶拖拉机去呢？但关键是家中手扶拖拉机没有，那不会为了卖西瓜就去买部拖拉机吧。村子里的本家兄吴守林家中不是有手扶拖拉机吗？他找到了守林哥，说明了来意。吴守林倒也乐意，毕竟是自己的本家兄弟嘛。"那你开走吧，你自己去加油啊。"吴守林说。

吴守成高兴劲就上来了，拿起手扶拖拉机摇把，才摇几圈，手扶拖拉机就"嘭嘭嘭"地响了起来。他上了车，开动了，想不到两年不开了，还这样地驾轻就熟。开到自己的西瓜地边头，梅子也高兴起来。两人就忙着开始摘西瓜，今天将西瓜装上车，明早好出发。

又是起了个大早，吴守成夫妇俩就上路了。到县城也不过五六十里路，一个多小时就到了。清晨，有凉爽的风，吴守成开着拖拉机，梅子挤着坐在后座。拖拉机的油箱昨天就加满了油，这不用发愁。到县城的时候，不过七点多钟。梅子说，我们选择县实验初中的那条路走吧，儿子在那读书，先去见一下儿子，问候问候也给他点钱，反正这么早也没有人来买西瓜。吴守成就朝实验初中那条路上开，路上的人格外多，有不少是来陪考的家长。到了学校门口，梅子就下车去找吴雨。吴雨在初三（2）班，梅子去的时候，教学楼早有人守着不让进，原来孩子们要中考了，这时候还在自己的寝室。梅子就用手机打通了班主任陈老师的电话。陈老师说：

"找吴雨啊，他在县一中考场，已经出发到县一中去了，你现在找不到他了。你是他妈妈啊，昨天为什么不来啊？要不，你们晚上去他的寝室找他。"陈老师很忙，说完就挂了电话。吴守成听梅子这样说，就直叹息他们两人太大意，连儿子中考也不关心。"那就晚上到他寝室里找他吧。"梅子说。两人正想着离开，有交警走了过来："快走快走，中考了，实行交通管制，你这拖拉机不要停这儿了。"吴守成就用手摇把摇响了拖拉机，开着就向市区跑。

"人越多的地儿，买西瓜的人也就越多。"梅子说。吴守成就加大了油门，一直向前冲。忽然，吴守成觉得有点不对劲，有辆警车总是跟着他的手扶拖拉机，眼看就要跟上了。吴守成迟疑的当儿，警车已经超上了前，挡在了手扶拖拉机的前边。从车上下来了个警察，拿出警官证，对着吴守成端端正正地敬了个礼。吴守成这才放下心来，原来县城里的警察就是有礼貌。警察说："同志，你违章了。你刚才过十字路口时闯了红灯。还有，你的这手扶拖拉机，是不允许在这市区行驶的。"吴守成就没了谱儿，梅子接连说着"对不起"。警察又说："那真是对不起了，按规定，罚款二百元。"说着，警察从一摞发票中撕下两张面额为100元的发票，递给吴守成。梅子又说："我们下次不这样了行不行啊，警察同志？"警察连连摆手："这不是能说人情的，我这是在执行公务。"吴守成说："您看我们是从乡下来卖西瓜的，这一大早，西瓜没有卖出一个，哪里有两百元钱啊？"警察的脸色就不好看了："对不起，我这是照章办事。"梅子又说："我们还没有卖出西瓜，那，我们用两袋西瓜交罚款。"见这里在争吵什么，就有人围上来看热闹。警察一边驱散着看热闹的人，一边在打电话，梅子听到他好像在说，一部手扶拖拉机违章了没有钱，搞个车子过来将这拖拉机拉到中队去。吴守成夫妇这才知道事情的严重性，他使了个眼色，梅子就接过罚款发票，从衣袋里摸出了两张一百元的，交给了那正在发怒的警察。因为是来卖西瓜的，梅子手中只带了些零钱来了。这两百元钱其实是准备给儿子吴雨的。

打发走了警察，梅子就向人打听哪儿可以卖西瓜。听人家说城东转盘那卖西瓜的多。吴守成就开着手扶拖拉机向城东转盘跑去。一看，那儿果然有不少卖西瓜的主儿。有用板车拉来的，有用三轮车运来的，还有用大汽车装来的。不时有叫卖声传了出来："卖西瓜，卖西瓜啊……"听着这声音，两口子好像找着了家，这下可找着地儿了。

"卖西瓜，卖西瓜啊……"车一停稳，梅子就开始叫唤。这几天天气热，买西瓜的人还算多。两口子听到人家说八毛，于是他们也就将价格定为了八毛。有人过来买西瓜，吴守成就替人过秤，照样梅子负责收钱。梅子觉得还要做点广告，她知道家里的西瓜比别人的西瓜要好，就拿过水果刀，切开了一个西瓜，分成十几瓣，一字儿摆开。"大家尝尝啊，真甜真甜的西瓜。"梅子又叫开了。过来的人就更多了，有几个人拿过一尝，觉得口味纯正，都说好。一个买西瓜的中年人一下子买了十个。

猛然，有车开始发动了，有人开始跑起来。吴守成夫妇不知怎么回事，还是自顾自地给人称着西瓜。两个穿制服的过来了，一个抱起一个西瓜，拼命一样向地上一摔，西瓜顿时碎了，撒在地上，像一朵花；那一摊红色，像人血一般。吴守成就停住了手中的动作，一下子冲过来，抓住了两人的衣服。

"嘿，还想打架是怎么了？"一个高个子制服说，"我们是县城管中队的，这几天就是专门抓你们这些乱停乱放的流动小贩。"

另一个胖子制服就拿出了罚款发票，准备罚款。梅子过来大声说："怎么？来罚款？你们两个先赔我西瓜，我们再罚款。"两个制服一下子没了声音。

"你们先赔我们西瓜。"吴守成也说，"我们还要向城管大队长说说，你们是怎样在文明执法。"说着，吴守成还细细地看了看两人的工作服牌号。高个子听了，就说："好了，这次就这样，下次让我们碰见，有你们好果子吃。"说着，两人迅速上车走了。

有几个摊贩围了上来，直夸夫妇两人有胆量："以前我们从来没有哪个敢和他们斗，这回你们还赢了哩。"还是有好心的摊贩说："你们今天卖了这西瓜，再就不要让这两个家伙撞见，这两个家伙我见过，城管中队有名的角儿，专门做些害人的事。"吴守成连声说着"谢谢"，见有人过来买西瓜，就又忙自己的去了。夫妇俩知道，这手扶拖拉机的西瓜要是卖不完，那他们今天就真是折本了。

中午的时候，语文考试已经考完了。不少的家长和孩子亲热地走在一块，询问着孩子的考试情况。梅子就说，自己家的吴雨不知考得怎么样啊。吴守成安慰说："不用担心的，咱家孩子那是没得说。"说完就要拉梅子一块去小餐馆吃饭。梅子说一点也不饿，要不，再吃一个西瓜吧。梅子用水果刀切开了个个儿偏小的西瓜，和吴守成一瓤一瓤地吃起来。有卖馒头的小贩走过，梅子叫住，买了三个馒头，自己吃一个，给了丈夫两个。

六月的天热得毒，下午很少有人出来。吴守成和梅子两个，守着自己的西瓜摊，一下午没见着几个买主。这几天忙，今天起得也早，两人都很困。但吴守成没眨一下眼，他让梅子就着拖拉机的靠板睡着了。他知道，妻子为着这个家庭付出的太多了。他打算着，今天下午儿子的考试结束时，他们和儿子一块找家餐馆吃一顿。梅子只睡了不到半小时就醒了。又稀稀拉拉地来了几个买主，吴守成热情地替人家选瓜称瓜。下午快五点的时候，一手扶拖拉机的西瓜才卖了不到一半。梅子又记着儿子了，两口子就将拖拉机开到了县实验中学门口。梅子进学校去找吴雨。吴雨正在寝室，见妈妈来了，高兴得跳了起来。一家三口，在学校对面的餐馆，点了儿子爱吃的酸菜鱼、土豆丝和猪肝汤；梅子也点了个青椒炒肉丝，那是为吴守成准备的。送儿子进学校，梅子交给他二百元钱，儿子不要，说："手中还有钱哩。"吴守成就挑了个大个的西瓜，递给儿子："儿子，带个西瓜进去，和寝室的同学一起吃。"儿子就抱着那大西瓜，哼着歌儿回到了学校。

回家的路上，又卖出了六个西瓜。眼看太阳没了影儿，天黑了下来，吴守成才开着拖拉机往回走。手扶拖拉机上还有一半的西瓜没有卖出，一路上，夫妇两个没有说一句话。

六月的日历快要撕完的时候，两个孩子像小鸟一样，先后飞回了自己的巢。吴雨先回来的，考试情况不错，和老师对过答案，一定能考上县一中。读大一的吴雪也回来了，一年不见，个子更高挑，比以前长得更漂亮了。

吴守成和梅子还在忙着卖西瓜，他们每天和孩子们简单地说上几句话后，就去打听西瓜的行情。地里的西瓜，卖了还不到一半。吴守成就常常诧异，这西瓜的产量今年怎么这样高哩。这几天让夫妇俩还算高兴的是，有湖南和江西的瓜贩过来买西瓜。吴守成赶到村子东头时，张小手正在和湖南来的大胡子瓜贩洽谈西瓜价格。吴守成就凑了过去，听到瓜贩子已经将价格压到了四角一斤。

"四角一斤你还挑大西瓜，这样不合理吧。"张小手大声地说。说完，张小手就不再和大胡子说了。"四角一斤我卖你。"吴守成递过大胡子一支烟，说。其实，张小手这是不希望西瓜价格继续被下压。一听吴守成这样说，张小手也就说："三角九分我卖你。"

"三角八分我卖你。"吴守成继续说。

大胡子听了两个话，知道两个人是较上了劲。但大胡子也是生意人，生意人讲诚信，也更是为了下次生意。他忙说："这样吧，我收购你们两人的西瓜每人2000斤，四角钱一斤。"这才给两人解了围。

吴守成就打电话叫来梅子，梅子又叫来吴雪和吴雨。一家四口，去西瓜地里摘西瓜。吴雪和吴雨，很惊喜的样子下了瓜地。太阳真是毒辣，气温很高，人喝下一大碗水，立即就冒成了汗珠。不到半小时，两个孩子就蔫了下来。他们觉得天太热了，再者，手一接触那西瓜蔓，毛茸茸的感觉让人不舒服，吴雪的胳膊上还起了小疹子。吴守成和梅子就叫两个孩子回到家去。可越是说，两个孩子还不吭声了，仍然一个西瓜又一个西瓜地往田边搬。一个多钟头后，田边的西瓜成了个小山。收西瓜的大胡子就来了，准备开始过秤。他指着西瓜说，这这这大个的都要，那些小个儿的就不要过秤了。称了2000斤，剩下的那些西瓜，一家四口又用筐子装着运回家里来。

但接着的几天，收购西瓜的瓜贩再也不来了。吴守成估摸着田里还有三千多斤西瓜，原指望让瓜贩分两次收去的。晚上一打开电视，才知道现在好多地区的西瓜是太多了。这是个不好的消息。但儿子吴雨又得到了一个好消息，后天相邻的江潜县要办西瓜节，邀请西瓜大户们去推销自己的西瓜。

吴守成就又来了精神。他找到张小手，说两人合伙租部大汽车，将两家的西瓜拉去碰下运气。张小手正在担心自己田里的西瓜，就答应了。两人找了个开汽车的熟人，说是熟人，所以只要了运输费用600元钱。两家，每家摘了近三千斤西瓜，共六千斤西瓜装上了汽车。

汽车拉着西瓜当天到达江潜县的时候，还只是早上六点多钟，却早已有十多部装满西瓜的汽车来了。一会儿，天才大亮，这时候，在江潜县城的主要街道，看到的只是装满西瓜的汽车。八点整，西瓜节开幕，彩旗飘舞，彩球高飞。江潜县主要领导出席了西瓜节开幕式，场下掌声雷动。张小手就激动了，说吴守成你真做了件好事，这样的好事应该让我们那儿的瓜农朋友们都来。话没说完，开幕式结束，领导退场。各瓜商开始与瓜农签订合同。张小手就跑上前去找瓜商，找到一个瓜商就说："请您购买我们的大西瓜吧，又甜又圆大西瓜。"瓜商只是笑："对不起，我的合约早就签好了。"张小手就又拉住了一个瓜商的手，瓜商又说："真的对不起，我早已超出了我的购买力了，你是想让我欠你的钱吗？"这时张小手才发觉了问题，一个瓜农走过来说："这西瓜节，只是形式，是领导的面子事情，找来的几个西瓜商，合同早就签好了。"好多的瓜农，和张小手吴守成一样，找瓜商找不到，静静地站在江潜县的街头，等着专门收购西瓜的天下大好人出现。两个多小时过去了，有瓜农开始砸起了西瓜，从车上拿起西瓜，向地上拼命地砸去。嘭，嘭嘭，这儿一声，那儿一声，像送葬时的鞭炮，没有规律，没有节奏。那西瓜，是从自己地里种出来的西瓜，是自己播种、施肥、灌溉、收摘的西瓜。

吴守成爬上了汽车。

嘭。

扔下了第一个西瓜，像一颗炸弹样在汽车的轮胎边开花。

张小手也爬上了汽车，嘭，又扔下一个西瓜。每个人扔下了十多个西瓜时，司机熟人发动了汽车，将他们拉回了家。

他们找了个餐馆，点了几样好菜，叫老板拿来了酒。那一晚，张小手和吴守成，两人都喝得酩酊大醉。

吴守成进到家门的时候，已经是醉得不省人事了。梅子想了想，西瓜卖出去，喝点酒也好，将吴守成好生安顿上床。第二天中午吴守成清醒了一些，这时候梅子才知道原来西瓜一个也没能卖出去。梅子一言不发，她能埋怨自己的丈夫吗？她让吴守成休息。自己和吴雪吴雨三个人，将西瓜全部运回了家中，堆放在自家堂屋。然后，再装上板车，她想着只能打游击战了，用板车拉着走街串巷地去卖。临走，吴守成又跟了上来。于是决定分成两组，分别用两个板车拉着西瓜去卖，吴守成和儿子吴雨一组，梅子和女儿吴雪一组。

走街串巷地卖西瓜，儿子女儿是不大高兴的。儿子就要读高一了，女儿要读大二了，要是他们在卖西瓜时遇见自己的同学或者熟人，那是多么没有面子的事啊！但又有什么办法呢？看到爸爸妈妈这个样子，孩子们也就不再说什么了。可是，偏偏，吴雪和梅子的板车在街上的一个小巷子遇到了自己的初中班主任郭老师。吴雪先是将头低了下去。但是，郭老师要买西瓜，正见着了吴雪。郭老师就说："是吴雪啊，怎么，勤工俭学啊？"吴雪就说是自己家中的西瓜，家中还有好多的西瓜呢。

"这样吧，我来跟学校刘校长说一下，看学校值班室是不是要买点西瓜。"郭老师就给刘校长打电话。挂了电话，郭老师说："吴雪啊，你们将这板车西瓜拉到学校门卫室，我们学校替你买了，你可以直接到学校去结账。"吴雪就连声对郭老师说着"谢谢"，感激涕零的样子。

那一板车西瓜，是吴家后来的最大收获。后来，吴雪和梅子一组也好，吴雨和吴守成一组也好，拉着板车，每天也只能卖上十来个西瓜。

夏天的脸，孩子的脸，说变就变。几天高温过后，接连着下了几天的雨。吴守成家田里的瓜不多了，大概只有几百斤；他家的瓜大都摘了，摆放在他家的堂屋。两千多斤西瓜，快要占据大半个堂屋。这雨接连不断地下，西瓜的保存就有了问题。亲戚朋友，凡是家中没有种西瓜的，吴守成给每家都送过去几个西瓜，算是一点心意；其实，放在自己家中不吃的话，也只能看着一天天地烂掉。儿子吴雨不知听谁说西瓜放在床底下更利于保鲜，他于是抱了几个放在自己的床下，过了几天一看，西瓜有了腐坏的迹象，倒弄得他自己不好意思。女儿吴雪也不知在哪看到，挖个地洞，可以让西瓜保鲜。她就在屋后挖了个洞，藏进了两个西瓜，只过了一天，那西瓜就散发出了一股酸味。

平常，梅子喂鸡常用的是谷物。这些天，梅子不喂谷物了，她喂西瓜。每天，她切开一个西瓜，就放在院子中间，让鸡们来啄食。她又急急地让吴守成去买了两头小猪来，每天就给小猪喂西瓜吃。不想，才过去三四天时间，将西瓜丢给小猪，小猪们也不吃了。

梅子将前些日子卖西瓜所有的钱汇了总，又将种西瓜的成本记账本拿了出来，不将人力计算在内，还真赚了，赚了142元。

好不容易老天放晴。梅子和吴守成来到西瓜地里，他们来对西瓜地做最后的清理。西瓜地里，隔上几米远，仍然还可以看到一个又一个圆脑袋似的西瓜。吴守成扯起一根瓜蔓，瓜蔓上还有两个小西瓜。他是不想再让这西瓜生长了。他用脚踢了踢这两个小西瓜，不想却踢破了。他不知道为什么这时候他的脚上会有这样大的力量。

居然，最后的清理又收获了大半板车西瓜。他将西瓜拉回了家，这西瓜得和家中的西瓜会合。吴雨去查他的中考分数了；吴雪的几个高中同学来了，他们同学在聚会。吴守成帮着梅子将家中的西瓜搬几个出来，凑成一满板车。装了这一板车，应该至少还有两板车吧。吴守成坐一个西瓜上，看着梅子一个人吃力地将板车拉走，越走越远。不知，她今天会卖出几个西瓜？

吴守成躺在了西瓜上，他感觉，他成了一个大大的西瓜……

回家过年

车窗外的天阴阴的，像一块大抹布，没有一丝亮丽。江汉平原的冬天很多的时候就是这样，那一片天，不下雨，不下雪，却布满着阴阴的神情，一整天都没有什么变化。

我这一次想着真的要回我的老家去一趟了。三年了，我已经三年没有回去了。父亲母亲常常在电话里听着我的声音，说我是不是也和他们一样都老了。我没有老啊，我还不到四十哩，我这次就让父亲母亲看个够，我准备在老家待上二十天。今天才腊月二十四，我准备明年的正月十五元宵节过完了再回来上班。我大学毕业后被分配到了邻省的一个地级市，做中学老师，然后因为水土宜人，娶了老婆红子，生了女儿小菡，在那安了家。回老家要坐上六七小时的公共汽车，还要转车，她们母女天生娇贵，晕车厉害，三年前一起回来，让小女儿身体不舒服了两周。这次就作罢，让我一个人回去，我得看看我的父亲母亲。

傍晚到家的时候，父亲母亲正在门口的槐树下张望，他们是在等着我回来。我感叹着老家的变化真大，母亲接过话说："水泥路修到了门口，路灯也牵到了门口了哩。"我一看，果然，只在城市里能看到的路灯，整齐地排成一列，站在水泥路边。

"伯伯，你知不知道，这是新农村建设做的好事。"一旁的侄女芊芊对我说，她才九岁。我一把抱起她说："小家伙，你也知道什么新农村建设啊。"见我回来了，就有邻居们围了过来。隔壁的菊伯母端了十个鸡蛋给母亲："虎子回来了，我也没有什么好吃的，给几个鸡蛋吧。"虎子是我的小名。菊伯母是我从小就这么叫她，现在我还这么叫她。村子的十斤爹走过门口，也和我用手比画着在打招呼。他是个聋哑人，七十多岁了，一生没有结婚，腿有点跛，常年喂一头牛；我每次回老家他总会来和我用手势打个招呼。

门口闪过一个熟悉的身影，是春平。我叫了一声"春平"，他便停下来了。春平是我小学时的同学。读小学时，春平，我，建新，还有万军，四个人是最好的朋友。成为好朋友的原因，是我们都喜欢看小人书，你来我往地交换，就成了班上最好的朋友。我问春平做什么去。他用嘴朝前努了努，我知道那是新天哥的家。他没有说话。

"他现在是村里的书记了。他是去找新天的。新天家又生了个孩子了。他去收罚款。"父亲说。我一想，不对啊，新天比我大几岁，怎么还在生小孩呢？

"是的，这是第五个孩子，前面四个全是女孩，这下生了个男孩，明天就要请客了。"母亲告诉我说。我明白了，原来新天哥是想要一个传宗接代的儿子。我们这边的声音没了，新天哥家里的声音大了起来："你不是只要钱吗？要钱？没有！要命，有一条。"

接着是春平的声音，声音不大："新天啊，这是国策，你超生了，就得向国家交罚款。认真计算，你要交三四万哩。"

"我说，我老婆怀这个小孩的时候，怎么不见你们上门做工作啊？我看，你们是故意让人家生，生了你们好再来罚款，罚款了你们好上街去大吃大喝。"新天的声音更大了。

就有新天哥的父亲跟了上去："春平书记，都是一家人，你说说，要出多少钱？"毕竟是自己的儿子违反了国策，他的样子很是哀求的神色。

新天哥的声音就小了下来。我在八九岁的时候，大我们一点的新天哥常带着我们做游戏，老鹰抓小鸡，解放军捉坏蛋，常常就是他来组织。不想，活泼聪明的他竟生了五个孩子。他的大女儿小凤快二十岁了，人长树大，性格却不好，前两年上初二的时候，在教室里讲小话，老师批评她，她走过去就给了老师两耳光。孩子多了，新天哥也是没有时间来教育的。

春平从我们家门口走回的时候，脸上已经露出了笑容："新天哥还好，收到他的一万元计划生育罚款，还有好几家，生了孩子人都见不着，到哪里去找啊。不说这个了吧。虎子，好长时间不见你了。你看你看，吃公家粮食的人就是不见老，我比你老多了。这样吧，几时有空，我来做东，咱哥俩好好喝一顿。"我连声说"不必了，不必了"，他却说"一定的，一定的"。我正想问问建新和万军的事儿，春平的电话来了。春平对着我笑了笑："对不住了，这份差事真是不好做的。镇委周书记打电话来了，说我们村有村民在闹事，让我去看看。"话没说完，一溜烟地跑了。

我们进到家门，房子是我弟二虎新做的，有三层，气派得很。二虎和他媳妇在昆明打工几年了，就做了这个房子。前年，他们有了小儿子，现在还带着小儿子在那打工。昨天打电话说，他在年前一定是会回家过年的。母亲端出了早已做好的饭菜，其中有一碗萝卜丝煎鱼，还上了冻了，这是我最喜欢吃的一碗菜。我们吃着饭，很随意地聊着家事，还有村子里的事儿。忽然，听得有人跑进了我们屋子。我们抬头一看，是隔壁的铜成，菊伯母的儿子。他气喘吁吁："柏小爷，您也去一个吧，村里一家去一个人，去堵虾米厂的屁眼。"他叫的柏小爷是我的父亲，父亲读过些书，也能说几句话，村里有点什么事，邻居们都会叫上我父亲。父亲点了点头："我就来。"说着就起身了，转过头来对我说："你去不去？去看看也行。"我反正没有什么事，也不知道到底发生了什么事，去看看是可以的。

我跟着父亲一路小跑，跑到村子东头的时候，已经聚集了好多人，几乎每户人家都来人了。村子东头是一大片田地，小的时候我和伙伴们常常在那抓泥鳅。叔伯们在前边用牛犁地，我们就在后边跟着。见有小旋涡出现的时候，肯定会有泥鳅。旋涡大，泥鳅也大。也会遇到鳝鱼，但我们很难抓到。泥鳅一拿回家，母亲就会变成一碗香喷喷的好菜。现在，东头的田地上，已耸立起一片厂区，一闻，会有一阵恶臭。人群里有不少人拿了铁锹，正在挖土，填向一个正在汩汩冒出黑水的大水管。有一个人在大声喊："大家看，就是这个水管，我们要想办法将它堵住，不让它的黑水淹没我们的良田。"我看了看，他是银波，住在村子的最东头。我向远处望去，这才发现这一大片田已披上了一牛黑黑的衣裳。田里的稻子早已收割了，没有作物，那一片黑就更显眼了。

　　"这让我们明年怎么来种这块地啊？"有人说。

　　"这还让不让我们活啊？"又有人叫。

　　"没有人来管，我们将这个什么虾米厂推倒了算了。"一个更大的声音。

　　就有人从人群里出来了，这是陈汭镇党委副书记王大金。王副书记扯开嗓子说："乡亲们，你们要懂道理啊，这虾米厂的补助金不是给你们了吗？"

　　"那为什么要向我们田里排污？"银波说。

　　"那你们说这厂向哪里排污？只能这样了啊。我们要搞新农村建设，大家不都是看到了嘛。建这个厂，对大家也有好处的。没有了田种，我们可以安排来厂里上班嘛……"王副书记又说。

　　"我们要种田。"一个年老的声音。是村子里的珍爹爹。

　　于是又有人拿出铁锹，挖土填向那黑水管。银波搬了块石头，用力砸向那水管，水管被砸弯了，但仍有黑水从管中喷出。王大金就叫道："派出所刘所长呢，将这个砸管子的人带走。"就有穿警服的人从后边上前来，一把拉住了银波，就要带走。人群骚动起来，叫喊的声音更大了。春平书记把王书记从人群中拉了出来，春平先和王副书记耳语了一下，开口了："乡亲们，我这里向大家保证，王副书记说了，银波不会被抓走，虾米厂近几天不向田里排污，我们一定会给大家一个说法，大家回去吧，就要过年了，去准备年货吧……"银波就从刘所长手中挣脱了出来。乡亲们听了春平的话，就开始往回走，都在抱怨着，怎么新农村建设非得建个厂房呢？不给个说法，我们还要来的。

村子东头是一栋新四层楼房，立在村子东头，有一种鹤立鸡群的感觉。我正想问是谁的房子，铜成告诉我说："这是银波的房子，他老婆出钱做的。"

"那他老婆呢？"我问。

"这你还不知道啊。他老婆一年寄十万元回来给他，供他们的女儿读书，也就做了这栋楼房。他老婆啊，在外面享福哩。"铜成直接说。好像什么秘密也没有一样。银波见了我，和我打招呼："进来坐一会啊。只有我和女儿在家，老婆跟人跑了，只要有钱就行，我和她离婚了的，我明年再找一个吧。"他说，很轻松的样子。

我没有进去他家。我往回走，离银波的楼房不远有一处空台基，这不是军喜他们家吗？

铜成见我又有疑问，说："这空台基是吧，军喜一家人搬到陈沟镇上去了，也是做了大楼房哩。"

"他家不是很穷的吗？怎么了？"我问。曾经，军喜去上学时，学费都交不上。

"他的妹妹，你见过没？长得还可以吧，上了高中了的，到深圳去打工，成了一个老板的二奶，生了个男孩，一次性给了30万元。人家全家都搬上街去了。"铜成说这话的时候，有一种羡慕的表情。

我的脚步停在了一栋两层小楼前，我细细地看了屋子的主人，他是富阶，我小学时的同学。见我走过去，他才站起来；他是不打算和我打招呼的。他比以前更瘦小了。他拉过一个条凳，我接了过来，紧挨着他坐下。"听说你种田很有窍门哩，发了点小财吧。"我说。我听父亲给我打电话说，富阶能吃苦，种田成了示范户。我这么一说，让富阶来了精神："种田还行吧。也还不是政府指导有方哪。"嘿，富阶还很会发言。他接着开始讲种田的一些知识，什么尽量机械化，要用插秧机、旋耕机、收割机，还用上了太阳能频振灯诱蛾杀虫器，讲到这，他很懂专业地介绍："这个太阳能频振灯诱蛾杀虫器好啊，它利用昆虫的趋光性，比如水稻的二化螟，几乎全杀死了。还有，要注意绿色防控，比如不使用高效农药，这样的粮食才好吃啊。"说着，他还神气地点了下脑袋。我想不到平时说话不多的他居然懂得这么多。

"那为什么你有一片田，成熟了的水稻会全倒下去啊？"我说。听了这话，富阶不高兴了。我其实是在打趣他。他的那块地，确实长势好，镇上农技站将这块地就作为了示范区，每次有人要参观，镇农技站的人就给领到了这里。最后，富阶也确实知道非得收割了，但镇委周书记说，还得两天吧，县里的人是看了，但市里还有人来看的。富阶不敢收割，等了两天，市里的人没等到，老过了头的稻谷却倒在了田地里。

"其实，我挺羡慕你这样种地呢。这是一种享受。"末了，我说。

"还羡慕我？"富阶望着我说，眼睛瞪得大大的。

第二天，新天哥为他家公子哥做满月请客。我既然回来了，就一定要去的。还没出门，新天哥找上门来了。新天哥其实只比我大三岁，这下见着他时，脸上的皱纹成了沟壑，头发有了一缕缕的白色，杂乱地垂在头上，上衣很短，裤子却很长：他分明已经成了个老头。他对着我说："虎子，你回来了正好，我找你麻烦来了。告诉你啊，我家的小子还没有名儿，你读的书多，今儿请客，就请你给想个名字吧。"

见我来了，新天哥抱来自己不满一个月的儿子，又递给我抱，说："大学生，来，抱抱我家小子，让我家小子也沾沾光，成一个大学生哟。"我就抱了，孩子总闭着眼。大概不满月的孩子都是嗜睡的。抱了一下，又递还给新天哥："我给小子的名字取好了，这小名儿呢，就叫五哥，这学名，叫子苗。让这小子苗壮成长吧。"大家听了，都说好。就都五哥五哥地叫开了。新天哥正色说："在家中，都可以五哥五哥地叫，抱出去了，还是叫他子苗吧，那就不能叫他五哥了。都得讲点规矩才行。"
我觉得他说得好像有道理。他家里的人不少，本来孩子就有五个嘛。第二
个、第三个女儿在学裁缝，做衣服，听说赚不了什么钱。只有第四个女儿
在读书，成绩也不大好。大女儿小凤个子最高，打扮很有些成人化，还化
了妆了。见了我，一点也不认生。其实我是认不出她来了。她一见我，就
问我每月的工资有多少。还问："你有相好的女朋友没有？"我真听不懂
她说的话了。什么关系的女性算是女朋友啊？铜成也来新天哥家喝酒，就
拉过我说："你知道她在外面做什么吗？"我一听，知道他话里有话，也
就猜出小凤在外做什么了。

"这五哥的一万元罚款，就是小凤前天拿回来的，她出去了不到一个
月，在挖金矿啊？"铜成小声地对我说。

满月酒得抱孩子去敬祖宗。新天哥又将目光移向了我。我答应了，我
只是陪着走一趟，为孩子壮壮胆子，是用不着抱五哥的。我其实是对我们
村里的陈家庙感兴趣。陈家庙是我们陈家的祖庙，庙里供奉着陈氏先祖。
据说明朝时候，我们老陈家有人做巡抚了的，现在这陈家庙就供奉着这巡
抚先祖像，而且，这陈家庙里是有个宝贝的，庙内的香炉是玉质的，就是
这巡抚先祖曾经用过的。但这事儿，知道的人不多，不然香炉早让人给抢
走了。

去陈家庙得经过陈家坑，一个长方形的，面积有三百多平方米的一个
水潭。这个水潭，少年的我们，夏天就是在这里度过的。狗刨，扎猛子，
每天玩得不想上岸。有时也会遇见水蛇，我们一点也不怕。铜成哥好几次
都倒提着水蛇，在村子里走上一大圈。那潭里的水清，可以直接饮用，全
村的人们都在这儿吃水。我曾读到"沧浪之水清兮，可以濯我缨；沧浪之
水浊兮，可以濯我足"这样的句子，就怀疑这沧浪之水是不是就是指这陈
家坑了。可是，现在的陈家坑却没了坑，只有满坑的水草。

"这坑怎么这个样子了啊？"我问抱着五哥的新天哥。新天哥很生
气地说："还不是那个'狗腿子'做的好事，说是搞新农村建设，喂什么

鱼，鱼没有赚到钱，却把我们吃水的地方给搞没了。"我知道，他说的"狗腿子"是村子里的一个混混，比我们年纪大一些。他很小的时候就会用火药枪打兔子，我们跟在后边跑个不停。

"看来这水潭是没有人管了。那村子里现在都用上自来水了吧？"我说。

"算用上了吧。交了好几次的钱，先说是一个私人老板来供水，后来又变了，还是村里供水，每天只是在上午放水一小时，其他时间没有水的。"新天哥说，"水费收得也很贵。每人每月五元，用不用都得交，比你们城里都贵。这样很不方便，要是像以前，这陈家坑的水还有，多好啊。"新天哥说。

到了陈家庙了，庙比以前小了很多了。陈氏先祖像还在，只是那香炉不见了。新天哥说："虎子，你是在找那香炉吧，人们都知道是个值钱的东西。新农村建设，镇上的干部先要完全拆掉这陈家庙，说是封建迷信活动场地，也要收走里面的香炉。乡亲们都不答应，村子里的珍爹爹还坐在挖土机前不让开进来。但是后来，胳膊怎么拧得过大腿呢，陈家庙被拆了，香炉被镇上的一个干部出2000元钱强行买走了。就用这2000元钱，修整了一下这陈家庙。"

"这真是让人气愤啊。"我说。

"有什么办法哟。一切服从新农村建设，这是干部们常常在口中说的一句话。"新天哥说着，抱着五哥上了香，我也跟着向先祖上了香。

新天哥的酒席开得不错，上午下午都是正餐，十碗菜，这在我们老家只有结婚时才这样用菜的。"生了儿子，是大喜事，还不大方一点啊。"新天哥笑嘻嘻地说。有人想喝啤酒，就有人搬来了啤酒，雪花牌的。"为什么没有金龙牌的了？"就有人叫道。

"不说在我们砂石村，就是在整个陈沟镇，你又在哪儿能买到金龙牌啤酒？小样儿，告诉你，全镇的啤酒让镇上的黑老大黄狗控制着，村里的啤酒让狗腿子给控制着，都只能卖雪花牌的。"银波端着杯酒，大声说。我在外是极少喝酒的，不管它什么酒不酒的。匆匆忙忙吃了碗饭，就出来了。

"走啊，虎子，一起玩去。"有人在叫我。

"走吧，村里的老百姓娱乐室你还没有去过吧，去看看啊。"是银波在说。我就随着吃完了饭的人们一起向村子东头走去。在银波的四层楼房旁边，挂着个大大的牌子：砂石村老百姓娱乐室。娱乐室里已经有了不少的人。一进门是健身器材，跑步机，还有扭腰用的铁圆盘。然后是两个桌球台子，已经有人在打桌球了。有熟识的人和我搭腔："虎子回来了。你看，还是党的政策好啊，建了这老百姓娱乐室。"大家有了玩的地方。来的人更多了，有人开始玩起了麻将牌，掏出大把大把的票子。银波也来了，叫我："虎子哥，来吧，我们来打'晃晃'，今天带彩重一点。"我知道那种"晃晃"的打法，那种带"红中"的打法，大一点，有人一手牌进了几千元。麻将机一旁是两台电脑，可以上网。一个我不大认识的大男孩正在浏览图片网站，专心致志地，我走过去了他也不知道，一会儿，电脑桌面上跳出个全裸的女子，见了我，大男孩不好意思地用手遮了一下，但没有关上网页。

"哈喽，虎子哥，你来了。"有人又在叫我，是小凤。这个小凤，我比她高一个辈分呢，她怎么乱叫哩。"小凤，我是你叔。"我对她说。她在另一台电脑上聊天，视频的。"怎么样叫不是一样吗？我现在假如和你在北京相遇，你肯定不是我叔，说不定……"她又说。我不让她说完，就打断了她的话："做什么呢，小凤？""我在和网友聊天。给我支烟好不好？"小凤又说。

"对不起，我没有。"说完，我走开了。我衣袋中其实是有烟的，还是精品烟，我不想给她。小时候的小凤我见过，伶俐乖巧，见面就叫我叔，我给她糖吃她也不随便要，四岁时就能背好多的古诗。

一下子，我感觉这娱乐室里少了很多的人。我问正在打"晃晃"的银波，银波用嘴朝里努了努，我走了过去，里间有两间房，左边一间房摆放着大大小小的书籍，上面满是灰尘，几只蜘蛛不知日夜地在这里织着自己的家。右边的那一间房，最大，门关着，有人看管。透过门缝，我看见黑压压的几层人，有人叫着"开了"。我知道那是在摇骰子赌博。我走了出来，银波说："怎么，不去玩玩？这儿安全着哩，要知道，这里是老百姓娱乐室，拿了执照一样的。"

我连说有事，就走开了。

我忽然想着要回去了，我的笔记本电脑没有带回来，我还有一篇没有写完的小说在电脑里面，我想着回去快点写完。但是还没有开始过年呢，我连我的弟弟二虎都没见着哩。

我起得早，母亲起得更早。这我是知道的，母亲六十岁了，从我记事起她就没有迟起过。有一年，她得了重病，也是先起床了，在屋前屋后走了一圈又上床去的。母亲在给我做早餐，说我在城里吃早餐吃习惯了，现在不吃点东西，要坏胃的。她在锅里煮了酒糟加鸡蛋，这也是我爱吃的东西。我在灶门口帮她添柴，有一句没一句小声地说着话。我想和母亲说话。

"姆妈，"我叫她，我喜欢这样叫她，在乡下这样叫自己的母亲就觉得亲热，"我们家里怎么没有安装沼气灶啊？听说还有补贴的。"我知道农村不少农户都安装了的。

"哪个不想安装那先进玩意儿啊？人家干部不让装，说，只让公路边住的人安装，我们就没得分了。"母亲说。

"为什么这样安排？"

"公路边，就是让更大的干部再来检查时可以看到啊，一看到，就以为所有的人都安装了啊，这小干部不就又变成大干部了？"母亲说。我被母亲说得乐了。母亲没有读过书，但说的话，常常形象生动。

母亲将酒糟加鸡蛋用碗盛了，放在桌子上，让我来吃。才送一个鸡蛋进口，好像听到隔壁铜成家有了吵架声。我端着碗走了出来，我知道，在乡下，真的是远亲不如近邻，邻居家有什么事是一定要过问过问，有钱帮点钱，有力出点力。

"这个事，您老要听我的。"是铜成哥的声音。

"您肯定要听我的。"又是铜成哥的声音，更大了。没有其他的声音了。一会儿，隐隐约约地听到了哭声，大概是菊伯母的。

我知道这里面有事了。赶紧又吞进了一个鸡蛋，放下了碗，来到了铜成哥家。家里还有几个人，有铜成哥的几个姐姐，都早已出嫁了的。他的大姐有四十多岁了。还有一个老头，六十多岁的样子，穿了一身的新衣服，很害羞地坐在一边。

"虎子来了，坐吧。"铜成哥对我说。我忙问什么事。铜成哥就来了劲，说："虎子，你是读过书的，你来说说吧。你的菊伯母你也是知道的，她抚养我们五姐妹是多么的不容易。"这个我是知道的，从我能记事的时候，我就不知道菊伯母的丈夫是谁，长得什么样子。问过我母亲，母亲说得了癌症早去世了，这个铜成都还是个遗腹子哩。二十六岁的菊伯母就成了寡妇，拉扯着家中的五个孩子，先后让四个女儿出嫁，又让铜成成了家，后来铜成又生双胞胎，帮着他带两个孩子。

"你看，我家中的双胞胎都要读高中了，你的菊伯母还想着找一个老伴，我们怎么可能答应呢？"这下，铜成说出了事情。旁边坐着的那害羞的老头，就是菊伯母想找的老伴了。

铜成哥来了三个姐姐，但都没有什么主意。铜成哥两口子坚决反对母亲找老伴儿，我也觉得这事儿棘手。菊伯母开口了："我前天在电视上看，一个八十多的老头还结婚了呢，我今年才六十多，怎么不能找老伴呢？我也问过政府的人，说这结婚也得扯结婚证哩。其实，我只是想要个伴儿啊。虎子你看，两个孙子读高中走了，铜成两口子过年了就要出去打工，我一个人在家中，连个说话的人也没有啊。"

"我看，就是这电视，让姆妈的思想看坏了。"铜成媳妇在一旁说。

见了这架势，我也知道不好办，但又不得不说，便说："我还是说说我的意见，这件事是菊伯母的事，所以我认为还是以菊伯母自己的意愿为主。我看过《婚姻法》了的，铜成哥你要是干涉这事啊，这犯法的。"我一下子上升到了高度。铜成哥不说话，但虎着脸了。一会儿，他又说："姆妈您要是这样做，我看您将您儿女孙子的脸往哪儿搁？"我也不好再说什么，一声不响地走回了家。

下午的时候，春平向乡亲们说着那虾米厂的事儿："乡亲们啊，这事是这样说的，他虾米厂现在暂时不向我们田地里排放污水，过年后，虾米厂再补给大家些钱，还有，想到虾米厂去上班的也可以找我去登记。"就有人又问："那要是再排污怎么办？"春平没了话。"你这没有解决根本问题啊，说了等于没有说。"珍爹爹颤巍巍地说。

晚饭后，母亲去了菊伯母家，跟菊伯母说了些话，但就觉得菊伯母说话有些不搭理了，胡乱地说。我不信，我就又去看了菊伯母，果然，她说胡话了。一会儿说，"毛主席就是奸"，一会又说"毛主席做了错事"，时不时地大声地哭，拿着条黑黑的毛巾擦眼泪。铜成哥找来了村里的江医生，江医生查了下体温，没有开药，说了声"没多大问题"就走了。

"去找三英吧。"不知是谁说。于是附和的人就多了："对，去找三英吧，人家现在是有名的菩萨了，好远的人都来找她看病，很灵的。"

铜成哥几姐弟就将菊伯母架着，架到三英菩萨那儿去了。我想阻止，但是我想这是没有作用的，这也许是没有办法的办法了。我在家门口听银波讲三英菩萨显灵的神奇。这个三英，是和我的父母同一辈的人，她的丈夫早年因为躲债，出去了几十年，现在都没有音讯，也许死在了外面。不想丈夫的出走，却造就了一尊大菩萨。银波在讲他的故事："我的婆娘出去了，我心里就烦，我也不知道他到底做什么去了。给三英菩萨送上了50元的香火钱，三英菩萨就开始显灵，她烧那黄纸，黄纸上却显出了个字，八，我不知道什么意思。菩萨口中念念有词，说，八，一撇一捺，就分开了吧。你的老婆跟人家跑了，你不要指望她能回来了……你看这说得多灵验啊，我真是服了这个三英菩萨了……"

我当然是不信的，你三英菩萨要是能显灵，为什么不将你自己的丈夫寻回来？菊伯母让她的儿女给架回来的时候，不再说胡话了。她的一个女儿说："这还真是三英菩萨有本事啊。"我在口边的一句话没有说："这是让你们做儿女的折腾得这样了啊。"

母亲叫我回家吃饭，我没有什么心情，草草地吃了两口，早早地上床睡了。我又想着回去了。我的那篇没有写完的小说，存在我们手提电脑里该不会不见了吧。

年关之前，老家的酒席是最多的时候。外出打工的回来了，趁着好时机，亲戚也都在，有事做的都忙着办喜事。村子里的良兵来请我父母去喝酒，说是明天他就要结婚了。"怎么这么快就要结婚了？前些天不是听你说女朋友都没有的啊。"父亲问。

"这有什么不可以啊，柏爹？我和她就在上个星期认识的，说好这个星期结婚，好啊，这就叫闪婚。"良兵说着，骑着摩托车"轰"地走了。

腊月二十九，我的弟弟二虎回来了，带着他的老婆娥子和他的儿子然然，风尘仆仆地赶回来过年了。从镇上一同坐车回来的还有松白，他是我老家右边的邻居。他在天津南开大学读书，听说已经是研究生二年级了。松白在他家门口下车，他的爸爸没有出来迎接他。他的爸爸生得黑，像黑炭，我们叫他黑叔。黑叔正和松白的妈妈忙着平整自家堂屋的地面，想着铺一层水泥地。松白读了这么多年的书，家中的钱都投进这个无底洞了。这间平房，黑叔一家住了三十多年了，黑叔就想在过年之前，将堂屋的地给换成水泥的，让儿子高兴高兴。松白其实是不在乎这些的，总说："爸，妈，你们的儿子就会有出息的。"很是自信，说着，还用手用力地推了推鼻梁上厚厚的眼镜。

二虎回来，我自然是高兴得不得了。他留在家中的女儿芊芊却哭了："你们总在外面，你们总是不管我，爷爷年纪又大了，我上学那么远，还得到镇上的陈沟小学，呜呜……"也难怪芊芊生气。这几年学校减少，我曾就读的砂石小学早就拆了，就是小学一年级学生也得到四里多远的镇中心小学去读书。但爸爸妈妈和弟弟回来过年，总是能给芊芊带来那几天的喜悦的。

大年三十吃团圆饭，我和二虎在家门口燃放了一挂长长的鞭，足有五六分钟。父亲也点燃了一响炮，一支支炮竹冲向高空，叭，叭叭，一声接一声，将喜气带给这片生养我们的土地。我们的左邻，菊伯母一家没有放鞭，铜成哥怕吵着了他母亲。铜成媳妇炒了几个菜，端上了桌子；菊伯母还是时不时地冒出胡话来。我们的右舍，还在忙着铺地平，我们酒过三巡时，松白才出来放了一架鞭，点了几下才点响。

我们的团圆饭，母亲照样做了十碗大菜，这是母亲每年自己给自己订的规矩，说做了十碗，才十全十美。我和弟弟二虎见面了，自然又喝起了酒。酒是我自己带回家去的，足足在酒坛中泡了一年的药酒。那晚，自认为酒量不错的我还是喝醉了，二虎将我扶上了床。迷迷糊糊中，我还喝了二虎给我拿来的葡萄糖。听说，葡萄糖是可以解酒的。

新年正月初二，弟弟一家要去他的岳父家，而且，他们也已经订好了正月初四的回程票，说是多过几天车出门就迟了，在外找事做就更难了。我想我是真的要走了，我担心我构思的小说会在我的头脑中给忘掉。

春平说请我吃饭的事至今没有音讯，他应该又在哪家收计划生育罚款了。我就向父亲问起万军和建新的事。父亲就说，我知道，这两个都是你儿时最好的朋友，万军前年赌博输了二十多万，天天有人上门要账，他前年就出去躲账了，至今没有音讯，听说好像在深圳。那个建新是吧，拿着个锤子在高速公路上抢劫，出了人命，好在他不是主犯，判了十年刑。

我走的时候路过富阶门口，他正在门口和老婆、女儿、儿子一块晒太阳，见我走了，很不自然地笑了笑。我也笑了笑，很自然的样子。走过银波的四层楼房，门紧关着，他大概带着他的女儿到老百姓娱乐室去打"晃晃"了。我在路口等车的时候，就看见良兵和他的新媳妇出来了，两人脸上都被抓得像一朵花似的。我问他们是不是去娘家的。良兵就生气："还去个屁，我们去县民政局办离婚证，听说没人上班……"我一惊，这不前天才结婚吗？

我回家的那天天气真好。太阳张开着笑脸，阳光是红色的，那红像我童年时吃过的盐鸭蛋的蛋黄那么红。那红红的阳光，暖暖地抚摸在人的身上，就像我母亲的手抚着刚出生的我的小屁股一样。

我的手中还提了个包，有些重，是父亲母亲为我准备好的米。父亲说，这米，是绿色食品，我们很少用农药的，明年，不知还有没有这样的米吃啊。